出向役員 野島、決断する

「器量」のリーダー、「度量」のリーダー

鈴木孝博

リーブル出版

主な登場人物

野島丈太郎	キタハラ化成・経営企画室長
長谷川智之	大学教授・経営学者（前職は大手銀行員）
未沙	野島丈太郎の娘

キタハラ化成㈱

緑川達巳	社長
谷藤和夫	経営企画室長（野島の後任）

㈱マイケル

佳山卓也	社長
横田	常務取締役
高阪	取締役・総務経理部長
猪又	取締役・関西支店長
井村美紀	Mヘルスケアプロダクツ事業本部・総務室長
美馬	Mヘルスケアプロダクツ事業本部・技術室長
合田	Mヘルスケアプロダクツ事業本部・営業・リーダー

北原次世代振興財団

北原英治	理事長（キタハラ化成・取締役相談役、前社長・会長）
長尾有里	専務理事、北原英治の姪

外資系証券会社

片岡修平	投資銀行部門マネージングディレクター

※肩書は初登場時のもの

目次

●「度量」のリーダーへのポイント①〜⑥を各章末に掲載

出向役員 野島、決断する

～「器量」のリーダー、「度量」のリーダー～

序　章

「来週の取締役会で決議ができるように起案の準備をしてくれ」

緑川達巳は経営企画室長の野島丈太郎に言った。

「ですが社長、先週は〝アイデア段階〟とうかがっていました。まだ煮詰まっていないところがあると思われますのでもう少し精査したうえで進めたいのですが……」

野島は取締役会に起案するにしては内容からいって時間と資料が足りなさ過ぎだし、進めていいものかどうか内容にいささか不安を感じていた。

「ガタガタ言うなって。あのコンサルの先生からのご紹介でもあるし心配ない、ない。たいした規模じゃないじゃないか。早く進めてくれ」

キタハラ化成株式会社・社長の緑川達巳は、社長室内の大きな執務デスクの前に野島を立たせたまま椅子の背とひじ掛けに悠然と体を預けている。

野島自身もその経営コンサルタントに面識はあるのだが、その経歴や態度から胡散臭《うさんくさ》さが拭いきれなかった。

「そうはおっしゃいますが二十億という投資金額です。それなりに検討して理屈立てをしないで上程するのは経営企画室長としては納得できません。いくら先生からの紹介案件だからといっても、それはそれではないでしょうか。条件の曖昧なところが見受けられリスクが多過ぎます」

この野島の具申を聞いた緑川は顔色を一変させた。

「なんだ、その口の利き方は！　専門家の意見を聞いて判断しているんだ、こっちは。判断次元がおまえとは違う。最近のおまえは否定的なことばかりを言ってくる。細かくて小賢《こざか》しいんだよ！」

緑川は完全に激高モードで顔を紅潮させている。〝紹介案件〟が気に障ったのだろうか。こういう状況で不用意な言い返しをすると、緑川がさらにボルテージを上げてしまうことを野島はこれまでの経験から学んでいた。だから、口を固く結び睨みつけながら六〜七秒程度は黙ってみることにしている。アンガーマネジメントのテクニックの一つだ。

最近の緑川からの指示は、どうも合点がいかないものが散見される。

以前は「素晴らしい判断力と行動力だ」と感心してついていきた。緑川が社長に就任してから最初の一年はおとなしかったのだが、創業家社長だった北原英治が会長を退き、非常勤の取締役相談役に就くと同時に〝改革〟に乗り出し、グループ体制の見直しを大胆に進めてきた。野島から見ても種々の経営判断のセンスがいいし間違っていないと思う。だから、感心というよりも心酔に近いものを感じていた。

それが最近はどうももろ手を挙げて……とはいかない。また、社長権限でスカウトしてくるのは構わないとしても、「どうしてこの人を?」と思えるような人物を「それなりのポストに就けろ!」と強引に上意下達スタイルで押し通すことも目立つ。そして現場が混乱する。

しかも、何かにつけて「オレは天才だ、そのオレの勘だから大丈夫だ」と言う。野島は「リーダーは〝律〟をもって組織を動かすもの」と思ってきた。そして仕事には納得性を求めてきた。なので、上長にこのスタイルが理解してもらえないとなれば野島のストレスも溜まってくる。度重なるにつれ緑川に対して一種の不信感のようなものを感じるようになってきていた。

そうした背景があるからなのだろう、ついつい経営企画室員に対しても愚痴のようなことを呟いてしまう。配下の信頼できるメンバーであったとしても言っていいこととまずいことがある。人の口に戸は立てられぬ……野島が経営企画室員に漏らす愚痴は自然と緑川の耳に届いてしまうものだ。おまけに第三者を介すると尾ひれ羽ひれが付いていく。聞かされた側の不快感を倍増させ、それが不信感にも繋がりかねない。

「おまえを経営企画室長に取り立ててやったのはオレだ。そしてオレが社長になってからいろいろなことをやらせてやったじゃないか。期待外れだったかな」

野島があえて積極的に言い返してこないこともあって、緑川の興奮も少し収まり、今度は野島の反応をうかがいながらのトーンになっていた。

「先月も、オレがやろうと言った別のアイデアにケチをつけてたな。この頃のおまえは理屈っぽいし官僚的じゃないか。反抗的なんだよ」

と、大きな声で言ってからギョロリと睨んだ。野島は心の内で「普通だったらパワハラでやられるぞ……」と思いながらも言葉をぐーっと飲み込んだ。

気まずい沈黙があった。まだ理不尽な説教が続くのか……この頃こうやって責めてくる。野島に対してだけでなく、最近は他の幹部役員・社員に対してもやることがあるらしい。中には言い合いになって辞めていった者もいる。

「重要経営案件に次々と関わるようになって偉くなったと勘違いしていい気になっているんじゃないか。偉そうにしていると評判悪いぞ。優秀なのは認めてやるよ。オレなんかより立派な大学も出ているしな。でもな、おまえはオレがいるからやっていけるんだ。勘違いするな！」

緑川の口撃を受けていると野島の拳にはいつの間にか力が入っていた。

今どき学歴は関係ないだろう？とは思うのだが、緑川は相手を責めるときには出身大学についてに触れることがよくあった。

緑川は実直な会社員だった父親を早くに亡くして女手一つで育った。その母親の恩に報いようと懸命に勉学に励み一流国立大を受験するが失敗。心ならずも無念の内に当時の〝二流大学〟に進み、苦学ながらも文武両道で闘争心を発揮した。負けず嫌いはその生い立ちに源があるのかもしれない。だから総合商社の中でも特に実力主義の会社に就職し出世を目指した。しかし、当時の上長だった役員から酒の席で学歴をネタに何回か揶揄されたことがきっかけとなってキタハラに転職した。そうしたこともあってか自分の出身校よりも格が上といわれている大学を卒業した野島のことを頼もしく思う反面、ちょっとした嫉妬心のようなものを感じていた。

「まあいい、とにかく出世したいなら少しは処し方ってものを考えろということだ」

「おっしゃる意味が分かりかねますが……」

「ほら……そういう言い返しが気に障るんだよ。腰を低くしておけって」

眉間に険しい皺を寄せていかにも嫌そうに厳しい表情をした。

だが、一瞬の間をおいて緑川はニーッと精いっぱいの作り笑いを見せた。こういうところがくせ者たるゆえんでもある。

「とにかくこの案件はサッサと来週の取締役会にかけろ。いいな、野島」

ここは睨んで精いっぱいの目力で抵抗を示した。

型どおりに恐縮した表情を浮かべて、この場をやり過ごすしかない。

「分かりました」

その野島を見た緑川はフンと鼻を鳴らして笑うと、椅子の向きを変えて窓の方を向いてしまった。


野島丈太郎は四十五歳。大学を卒業してから専門商社に入り五年経った頃、縁あってキタハラ化成に転職し営業部門、資材部門を経て経営企画室長に就任した。ここまで自分では頑張ってきたつもりである。しかし最近は同年代ですでに役員に昇進した者もいて一種のもどかしさを感じないわけではなかった。経営企画室長として難しい案件に取り組む機会もあり、それはそれでやりがいを感じていたのは事実だ。だがそれも最近は一巡感を覚えることがある。転職したという同年代の話につい関心が向いてしまうのも、こうした現在の状態が反映しているのだろうか。

会社勤め生活も〝厄年〟を越え、四十の半ば近くになってくると何となく先が見えてくるといわれる。外見は同年齢と比べてもまだまだ遜色はないつもりだし、健康的にもまったく問題ないのだが、いろいろな意味での曲がり角にきているのかもしれない。

そんなことを考えながら経営企画室の自分の席に戻り、不快な気持ちと緊張した神経を和らげようと深呼吸をしてから経営企画室主任の笹本を呼んだ。

「この件、君もいくつか問題を指摘してくれたが社長には押し切られてしまった。納得いく仕事をするというのが私の信条だし皆にもそう言ってやってきたつもりだ。しかし、本件はそういったことを超越して進める！　今回は〝命令〟ということで資料作成を進めてくれ」

それを聞いた笹本は「えっ」と驚きで目を見張ったが、すぐに首をかしげ、溜息をついてから「はい」と答えた。笹本にすれば、信念を持った仕事をする上司と思って野島に対して尊敬を感じてついてきている。それなのにこの指示は珍しいことだ。その野島が言うのだ、これが「清濁併せ呑む」というものかと思って受け入れることにした。

取締役会は一週間後に迫っていて他の役員への根回しも含め気が重い。野島は自らを鼓舞するように「よし！」と心の中で呟いた。

第一章　「処し方」を問われる

1　確執の始まり

株式会社マイケル社長の佳山《かやま》卓也は心の内で「チッ」と舌打ちをした。努めて口角を保とうとするが、きっと不機嫌が顔に表れているのだろう。テーブルを挟んだ向かいのソファに座る緑川達巳は、その佳山の気持ちを見透かしたようにゆっくりと頷く仕草をして座り直した。緑川の重みから生み出される革張りのソファのきしむような音は佳山の気持ちを重いものにさせた。

「辞める取締役の後任枠だろ。その候補が生活評論家？　コメンテーターとしてTV出演多数？　大丈夫か～」

「社外取締役の充実が求められる時代ですから。しかも女性です。優秀な」

「まっ、一般論としてはね。マイケルはキタハラ化成の立派なグループ会社ですよ。社外取締役なら今の一名で十分じゃないの。なんて言ったっけ？　あの大学教授の……」

「長谷川智之さんです」

「おっ、そうそう長谷川先生だった。佳山さん、あなたが二年ほど前に連れてきたんだったよね。私は親しくお話をしたことないけど、優秀な方らしいじゃないですか」

「それはそうですが」

来月の株主総会をもってマイケルの親会社であるキタハラ化成から派遣されていた取締役が健康上の理由で退任するということから、佳山はその後任選びを迫られていたのだ。

「いずれにしてもこの案はどうかねー」

社長室内の応接用ソファに座る緑川の太く大きな声が響いた。

そのとき、ドアをノックする音が聞こえ、秘書の飯田真央が差し替えのお茶を運んできた。話が長引いているので気遣いを見せたのだろう。しかし、不穏な空気を察したのか素早く二人分のお茶を替えると一礼して社長室を出ていった。

ぎこちない沈黙がしばらく続いた。

キタハラ化成株式会社は東証一部上場の中堅化学メーカーで家庭用品、合成樹脂、工業化学品、医薬品などを作っている。緑川達巳はその三代目社長に就いて四年ほどになる。創業家出身で二代目の北原英治に専務取締役としてスカウトされ総合商社から転職した。商社時代には負けず嫌いで人並み以上の努力の結果、常務執行役員にまで出世したのだが本人にとって〝二流大学出身〟というのが秘めたるコンプレックスになっていた。

対する佳山卓也も大手食品メーカー勤務時代に北原英治にスカウトされた。入社後はキタハラ化成の事業開発室勤務を経て取締役に登用される。その後、北原が八年前に買収した倒産寸前の株式会社マイケルの再建を託され社長として上場にまでこぎつけ今日に至る。

マイケルは家庭向けのトイレタリー・パーソナルケア用品を製造販売している。細かなニーズやニッチ戦略での市場開拓力を強みとし、幅広いニーズに手広く無難に対応する他社とは一線を画したユニークな存在だ。小回りを利かせた動きでその名を知られるとともにユニークなネーミングのものを多数出している。佳山が最初に扱った基礎化粧品の通信販売が当たり再建に大きく寄与した。その流れから薬用クレンジングオイルをはじめ健康食品の取り扱いが主力の商品群となっている。近年は次々と打ち出す幅広い新商品のヒットもあって、グループ連結業績への寄与は大きいと佳山は自負している。

しかし、佳山にとっては緑川が佳山の努力を直視しようとしないだけでなく、北原英治からの大きな期待を背負っていると自任していた自分を差し置いて途中から割り込むようにキタハラ化成の社長になった……というのが面白くない。そういうこともあって緑川とはウマが合わなかったが、あえて旗幟を鮮明にはせずにやってきた。年齢が一つ下だということで立てていただけである。

緑川が悠然と湯飲みを口に運んだ。その様子をじっと見詰めるだけの佳山。

その静けさの中で緑川が天井を見ながらふたたび口を開いた。

「体調が悪く休みがちで実質的に戦力になっていないからと言ったって、現職の常務だろう？　退任後のその枠を非常勤の社外取締役にするっていうのもね……ウチの枠ですよ」

佳山に目線も合わせない。

「ウチもキタハラの関連会社とはいえ一応上場会社。株主への手前ということは大切かと」

佳山も負けじと応戦する。

「うん。それは分かりますよ。でもウチが筆頭であり最大の株主だ。だからグループ戦略をもっと踏まえて成長を図っていかなくてはならないしね」

「そうはいっても」

「いいよ、いいよ。後釜にはこっちから優秀な若手を送ろう」

「えっ、誰ですか」

思いつく名前を頭の中で列挙してみる。あいつか？　こいつか？　……現在のキタハラの役員陣からか？　すると……？　いや、若手と言ったな？　とすれば……誰だ？　面倒な奴でなければいいが……クズを送り込まれても困る。さて誰だ？

そんな佳山の心の内を見破ったように緑川がニヤッとしてから言い放った。

「至急考えるよ。悪いようにはしない」

この台詞、たいていの場合もっと悪いことになるものだ。〝そういうものだ〟と受け止めオロオロしないのがオトナなのかもしれないけれど、ここは少しでも釘を刺しておきたい。

「そもそもこの件は経営企画室の野島室長にも相談したんですよ」

「野島？　彼が賛成して承認したっていうのか？　こんな重要な事を室長レベルで承諾するってことはない。聞いていない」

えっ、部下から報告がないのか。聞いていない方が悪いんじゃ……。

「そんな……はっきりと賛成ということではなかったですけど」

「そ〜だろう。キタハラの代表権はオレが持っている。大株主が決めて何が悪い！」

「そ、それはそうですが……」

緑川のいつもの恫喝めいた言い方に佳山は狼狽《うろた》えるだけで答えようがなかった。

「あいつもあいつだ！　誤解させるようなことを……野島に聞いてはっきりさせよう！」

緑川は近くにある秘書への連絡ボタンを押そうとした。野島をこの部屋に呼ぼうというのである。

「いや、いや、そ、その必要は……私のミスで……」

佳山の言葉は勢いを失い語尾は濁り、緑川の勢いに抗しきれなかった。仮に野島が呼ばれてこの場に来たとしたら、高圧的な問いかけをされる野島は立場上からも否定するしかないだろう。そうすればまたガーガーとうるさいことになりかねない。

「まあいい」

そう言いながら、緑川は一度手に持った連絡ボタンをサイドテーブルに置いた。

佳山は苦々しい気持ちを押し殺しながら、眼鏡の奥から上目遣いに緑川の表情をうかがうことで抗議の意思を示したが緑川には通じない。目線も合わそうとしない。

「それと、ウチからの非常勤取締役がもう一人いたよな。この際、キタハラの元取締役だったとはいえ彼ももう年だし交代させよう。たしか今年は役員定年だっただろう」

そう来たか……何を言いたいのだろう。

「それは、こちらとしてはなんとも申し上げようがないですが、それならば適切な方を推薦ください」

それを聞いて緑川は急にニコッとした。大袈裟なくらいの笑顔である。佳山の反応を試しているのだ。

「そうだね。代わりにオレが入る。どうだ。グッドアイデアだろう」

いかにも今思い付いたような物言いをして佳山の顔をのぞき込むように見詰めた。

「は~そんな」

途端に佳山は自分の頭に血が上るのを感じる。そして手には汗がにじみ出てきていた。

ま、また面倒な……ことに。

「えっ、問題あるかな？　あっそれと、オレの役員報酬は要らないからご心配なく。グループ経営は大株主の任務の一つだからね」

緑川は佳山に構わずいかにも決定事項のように力強く頷いた。

「は……考えさせてください」

「考えるも何もないんじゃない」

反対はないぞと見据える。観念しただろうと言わんばかりである。

その時、ドアをノックする音が聞こえて秘書の飯田が部屋に入ってきた。そしてメモを緑川に渡しスグに退出した。「次の予定時刻だ」と書いてあるのだろう、緑川はメモを丸めてポケットに入れると佳山に顔を向けた。

「じゃ、そういうことで。来週にはスタッフから連絡させるよ。お互い良い経営をしてグループ業績の向上に頑張ろうじゃないか。なっ」

緑川はすっくと立ち上がり、両手でガッツポーズをとった。

佳山は、すっかり言い返すタイミングを失してしまい流れのままに頷いた。

それを見て緑川は座っている佳山に嬉しそうな満面の笑顔を向けた。

対する佳山は「本体の社長に緑川が就いてからやりにくいことおびただしい。北原英治さんが社長ならな……クッ」……と自分の不甲斐なさを思い、歯ぎしりすることしかできなかった。

2　期待しているよ

その日の午後、野島の机の上にある電話が鳴った。外線ではなく内線電話の呼び出し音だ。電子決済稟議の添付ファイルを読んでいる最中だったので野島はおもむろに手を伸ばし受話器を取った。

「もしもし」

緑川社長の秘書・飯田真央の声だった。

「あの〜、社長がお食事をご一緒にとおっしゃっていますが、お願いできますか?」

「えっ、社長が?　珍しいね」

「今晩ですが、大丈夫ですか?」

急に言われても……といささか戸惑った。

今夜は久しぶりにジムに寄って汗をかこうと思い、すでにパーソナル・トレーニングの予約を入れていたのだ。

しかし、あの人は誰からであっても、誘いを断られれば途端に機嫌が悪くなるからその後が面倒だ。それに経営企画室長という立場でもあり、社長から特別な用があるということも不思議ではない。これも仕事と割り切る。

「……大丈夫ですよ」

「よかった〜。社長は外出先から直接現地に向かうとおっしゃっています。少し遅めですが十九時半スタート。場所はメールでご連絡入れますので現地集合ということでよろしくお願いします」

声が少し弾んでいた。受けてくれてホッとしたという飯田の様子を感じる。

「あの〜、一対一かな？」

「はい。そのようにお聞きしています」

「は、はい。分かりました」

いやも応もない。久しぶりに予約を入れたスポーツクラブでのトレーニングをキャンセルして、今夜はお付き合いするか。いったい何なんだろう……また〝お小言〟を聞かされるか。今夜は胃に悪い食事になりそうだ。

受話器を置いた野島は少し気が重くなった。

「いらっしゃいませ」

野島は指定された店に着いた。オフィスから少し離れた路地裏の一角にある割烹料理の店だ。暖簾をくぐると女将が迎えてくれたが、約束の時刻にはまだ十五分ほどの余裕がある。

「緑川の予約で」

「二階奥のお部屋です。お待ちになっていますよ」

え～先を越されたか……ギシギシと音のする階段を上がると畳敷きの個室があった。

「遅くなりまして」

「いやいや、用件が意外に早く終わっちゃってね。ちょっと早めだったけど待たせてもらっていた」

緑川の声は妙に大袈裟に笑顔をつくりながらの猫なで声だ。

あ～こういう時はその後が面倒で……野島は自然と体をこわばらせた。

「お待たせして申し訳ございません。こちらこそもっと早く来ればよかったのです……」

「いやいや、忙しい経営企画室長さんに付き合ってもらって悪いな」

すでに一人で始めていたビールのせいなのか緑川の顔が少し赤らんでいる。

「ほれ！　まずは一杯飲んでからだ」

緑川がビール瓶を持ち上げたのに気づき、慌てて野島は手元にあったグラスを手にして酌を受けた。

「いただきます」

「うん」

緑川がビール瓶を置き焼酎の入った自分のグラスを心持ち掲げるのを確認してから、野島は口を付けて飲み始めた。冷えたビールが喉元を過ぎて食道を落ちて胃に入っていくのが分かる。

するとトントンと階段を上がって来る足音が聞こえ、女将が刺身の盛り合わせといくばくかの野菜料理を運んできた。

「焼酎も用意してくれているし、あとしばらくは構わんでいいよ」

緑川が女将に言いつけた。

「かしこまりました。ご用がございましたらお呼びください」

女将は空気を察知したのか焼酎の水割りの準備をしてから早々に退室していった。

「まあ、食えや」

「はい」

野島は先付に出された茄子の揚げ浸しに箸をつけた。

「で、どうだ。調子は？」

「は、お陰様でなんとか」

こういうときはそう答えるのが無難である。

「それは結構なことだ」

緑川は上着を脱いでから水割りの焼酎を一気に飲み干した。野島も合わせるように箸を置いて焼酎の入ったグラスに口をつけた。

「まあ膝を崩せよ」

「ありがとうございます。では」……即されて野島は座り直した。

「ところで、マイケルってどうだ」

「は？」

突然の問いかけだった。緑川の試すようなまなざしに思わずどう答えようか戸惑った。その意図はなんなのだろうか……。

「どうだと聞いているんだ」

「は、はい。佳山社長が頑張っていらっしゃるようで業績も悪くなく、連結上からもありがたい存在です。ただ、株価はかつてのような動きではないですね。株価は将来を表す姿とも言いますしね……。私の浅はかな受け取り方かもしれないですが」

言葉を選びながら答えた。悪口になるようなことは避け、さり気なく問題点を抽出し、ただしそれは鋭すぎも避けたい、謙虚さも大切、かといって外れ過ぎてはバカにされる……こういうシチュエーションは神経を使う。

「そうだよな〜」

そう言いながら猫背になって先付けの器を口に運び、少しだけ残っていた汁を音を立てて飲み込んだ。正直言ってあまり品のいい食べ方ではない。

何を言いたいんだろう。

「可能性は大きいはずなのに、組織が疲れているんじゃないか」

嫌な予感がする。野島は少し尻を動かした。

「ここでテコ入れをすれば、まだなんとかなるだろう？」

「やりようですね」

「こっちから人を送るべきとは思わんか」

人事の話か……慎重な応答が必要だ。

「そうですね。それならば、現在のウチの役員陣の中から適任者を決められたらいいんじゃないでしょうか」

それを聞いて緑川がニヤッと笑った。この顔が人をたぶらかす。

「ウチの役員陣？　そんな気の利いた奴はおらんよ。バカばかりだ」

「またそんなことおっしゃって」

野島は作り笑いをしながら、大袈裟に右手を振ってそれを否定する仕草で返した。すぐに否定しておかないと「ウチの役員は皆バカだって野島が言ってたぞ」と吹聴しかねない。

無言のまま緑川は刺身に箸を伸ばした。これでもかというほど醤油をタップリつけてから口に運ぶ。この人には〝減塩〟なんて無縁なのだろう。

「で、おまえが行ってこい。思い切ってやればいい。いつまでもキタハラの経営企画室長じゃないだろう。将来への試金石となると思うぞ」

えっ……！　また面倒なことを押しつけられるのか。

「キタハラの役員にもしてもらっていないのになぜ？とでも思っているのかな」

野島は、キタハラの役員人事では他に先を越されている。部下たちからも居酒屋の席で「なんで野島さんが役員にならないんですかね？」と言われたことがある。

「専務だぞ。まずはだが」

「えっ、専務ですか」

いきなりか～。

「そう。キタハラ本体の役員ではないが、そろそろおまえもと思ってな。マイケルの序列ナンバーツー。役付きでは腑抜けの常務が一人いるだけだ。大抜擢だろ。あそこは決算期がウチとは違うので来月の定時総会だな」

この展開、どう受け止めればいいのだろう。

会社勤めの人間にとって人事を承るときの顔は難しい。悪い話のときは失意を表さず「待ってました」というような顔をした方がいい。その逆のときは、嬉しさを押しとどめて少しガッカリの顔がいい……どうしたものか。

「キタハラ化成は業界の中では準大手とはいえ名の通った会社だ。そのグループ会社の専務だぞ。もちろん規模的にはキタハラに比べれば小さいがマイケルは上場会社だ。不満か？」

「いえっ、そ、そんな」

野島が少し気のない返事をした。

「チャンスだと思うけどね。期待をされているってことだ。今のままではおまえをキタハラ化成の役員にはできない。現場の経験も少ないし他からの反発も多いだろうからな」

ここは素直に受け入れるか……どうせ嫌だと言っても怒鳴り散らすだけだろう。

「マイケルの佳山社長も在任が長くなってきた。オレからすればちょっとピントがずれているところがあるんだよな〜。カツを入れてやったらいいんじゃないか」

「は〜」

野島は頭の中がぐるぐると回転していた。手が自然に動き、続けざまに刺身や付け合わせを口に入れたが何を入れたかは全く感じない。

野島の前任の経営企画室長は執行役員との兼任だった。だから、自分もそうなるのだろうと期待がなかったといえば嘘になる。それが上場会社の専務取締役とはいえ子会社に出るのだ。どう捉えればいいのだろう。頭の中では二人の自分が早口で議論を始めていた。しかし、答えは決まっていた、というよりも決められていた。

「どうなんだ！」

緑川の恫喝めいた低い声で野島の頭の中の迷いは強制終了した。

「はっ、ありがとうございます。お受けします。社長のことですから、私からの辞退は論外でしょう」

緑川はグラスの焼酎を半分くらい飲んでから頷いた。

「お～よく分かっているじゃないか。オレの下でよく耐えてきたからな。鍛えてやったんだぞ。はっははは」

「よく言うよ」とは思ったものの、会社勤めの身にとってはっきりと人事権を行使されたら限界がある。となれば辞めるか受け入れるしかない……。

「そうそう、後任の経営企画室長は谷藤にする」

緑川が里芋の揚げまんじゅうを箸でふたつに割りながら言った。上品そうな餡かけでタレがからみながら具が出てくる。

「えっ彼ですか？」

その谷藤は一か月ほど前に経営企画室付として入ってきた。緑川が元部下だったということで突然採用し有無を言わさず野島に受け入れさせたのである。「何をやってもらえば？」と野島は緑川に尋ねたが、「まあおまえの別動隊という感じでしばらく面倒見てやれ。タイミングを見て適当なポストに就ける」と言われるだけだった。その谷藤を後任にするのか……そういうことか。複雑な思いが走る。

「なにか問題でもあるかな？」

「いいえ、外から入っていきなりというのもいかがかと思いまして……」

「あ〜オレがいるから大丈夫だ」

と言ってすでに自分の口に運んだ揚げまんじゅうを食べている。

この男からの難題はいつものことだ。野島の基本姿勢は自分の信念に従う行動的人間であり「納得がいかなければ言うことを聞かない」のだが、そこに意義とか大義を見つけるべく努力をして、できるだけ受け入れてきた。今回もキツイかもしれないけれど「人生、迷ったときは難しい方を選べというではないか。喜ぶべき話だ」と思うことにした。谷藤のことはともかく、野島はすでに前向きに受け入れていた。

「あ、それと、オレも非常勤の取締役で入るから応援してやるよ」

なんと！　それはそれでうるさい……。

緑川はニーッと精いっぱいの笑いを見せ醤油をたっぷりとつけてから刺身を口にパクッと運んだ。

「うまいな〜」

実においしそうに食べる。出世する人は例外なく大食いで食べるのも早い。だからエネルギッシュなのかもしれない。そういえばいつも額の艶は絶えない。

「腰を低くな。そうすれば道はひらけるってもんだ。おまえならできる。はっははは」

ちょっと持ち上げてからガツーン。時には反対に、ガツーンとやってから持ち上げる。緑川がよく採るやり方だ。

野島は言い返すのをやめた。

「まあ、今日はもう硬い話抜きで食え。専務就任の前祝いだ。な、野島専務！」

「……ありがとうございます」

その後は、どうということのない与太話が続いたがピタッと二時間でお開きとなった。時間を無駄にしないというのも緑川らしいといえば緑川らしい。

途中まで乗せていってやると言われ、帰りも緑川の専用車で一緒だった。

野島の住まいはそう遠くない所にあるし、電車はまだある時間だ。できれば乗りたくなかったのだが、いや応なく乗せられたという流れになった。

酔った勢いもあって車中での緑川は、最初の頃はグズグズ言っていたが、しばらくするとスースーと寝息を立て始めてしまった。

「体《てい》のいい厄介払い」「後任があいつ？」「これを機に辞めてやるか」……。

いや、「会社勤めにとって辞表を叩きつけるのは最後の武器だ。今がその使い時か？」「あのストレスから卒業はできる」「案外面白いかもしれない」「転職は一時お預けとしよう」……。

そんなことを思い巡らせていると車は野島の住むマンションの近くに来た。野島はドライバーに声をかけ降ろしてもらうことにした。

「ごちそうさまでした」

「お～期待しているよ。いつかも言ったけど『曲がり角の先には、きっと嬉しいことが待っている』ってものさ。はっははは」

緑川の乗った車が見えなくなるのを見届けてから踵《きびす》を巡らしマンションのエントランスに向かうと、夜のこの時間帯なのに近所の住人に連れられて散歩中のトイプードルが寄ってきた。かわいいね。平和だ。

「んっ？　あのフレーズ『曲がり角の先……』？　あっ……赤毛のアンか。でもあの人には似合わね～な」

野島の顔に苦笑いが浮かんだ。

3　仕事漬け人間

マンションの部屋に帰りつくと、野島の物音に気づいた娘の未沙が部屋から出てきた
「すまんな。せっかく久しぶりに来てくれていたのに。急に社長から呼び出されたもんでね。久々に疲れたよ……あっ、これ」
未沙が来るというので夕方こっそり買ってバッグに入れておいたお菓子の包みを手渡した。
「へ～いいね。ここのお菓子、おいしいよ。明日いただきま～す。急な会食が入ったとパパ

からメールもらったので、私はお友達と食べてきた」

　紙袋から出したお菓子の箱を抱えたまま言った。

「それはすまんな。また埋め合わせするよ」

「でも遅くまで大変だね。社長さんとじゃ疲れるだろうし……でもおいしい大人のお料理だったんだろうな～」

「ああいう席では味をあまり覚えていなくってね。悪いが疲れた、眠りたい。明日は休みだろう？　未沙も休んでくれ。すまん、すまん」

　本当は未沙の話を聞かなくてはいけないのだろうが、それよりとにかく眠たかった。

「うん、じゃっ、おやすみなさい」

　こう言って未沙はさっさと隣の部屋に入ってしまった。

　シャワーを浴びてようやくベッドに入ると、野島は泥のように眠り込んで夢の世界に入っていった。


「おはよう、起きた？」

　翌朝、少し遅めに目覚めると朝食の匂いとともに未沙の声がした。お～そうだった、今日は休みだ。

「一応、スムージーと目玉焼きとパンとコーヒー用意したから。ちゃんと食べてよね」

「お〜サンキュー。未沙も朝飯つくれるんだ」

「失っ礼ね。私だってもうすぐ二十歳になるオトナで〜す」

未沙がテーブルの前で手を広げながら爽やかな笑顔を見せた。「パパ〜」と言いながら抱きついてきた幼少の頃の面影が残っているのでいとおしくなる。

野島は学生時代に知り合った女性と早くに結婚した。程なくして未沙が生まれたのだが、結婚生活は長続きせず離婚。以来独身でいる。

その未沙は大学に入ってから野島の所に連絡を取って来るようになっていた。野島が独身のままで一人暮らしをしているので健康が心配というのがその理由だ。未沙も母親から離れて望みどおり一人暮らしをするようになった。それで野島の所に来やすくなったというのもあるのかもしれない。一か月に一度くらいのペースで顔を見せにやってくる。

「あの人は元気か？」

「あ〜ママのこと？」

「ああ」

今の野島には「あの人」としか言いようがない。

「うん、元気でやっているよ。相変わらずブティックの仕事で忙しそうにしている。最近はおしゃれ雑貨にも手を広げてるし」

「そうか。それはいいね」

「気になるの?」

そう言われて野島は何とも言いようのない複雑な気分になった。

「そんなことはないけど、未沙の母親なんだし……まあ、かつてはご縁があったんだからな」

「へ～」

いたずらっぽい顔で野島の顔を見る未沙に気がついて慌てて視線をそらした。

あっ、あいつに似ている。子供だと思っていたけど、やっぱり娘は母親に似てくるよな～

と一人で軽く苦笑した。

「えっなに?」

未沙が問いかけてきたので「いや何でもない」と慌てて笑いを消した。

「変なの……あっ、今日は午後からサークルの集まりがあるから、ゆっくりはしていられないの」

「そうか。それは残念だな」

「お仕事、忙しそうじゃん」

「まあな」

「パパはこれまでもず～っと忙しかったけどね。小さい頃、パパを家で見た記憶があまりないっ」

「そりゃ、仕事ってのは……」

そこまで言って野島は口をつぐんだ。

仕事にかまけ過ぎだったのかもしれないし、家族のためになるとも思っていた。だが、それが離婚することになった原因の一つだったのだろう。

一人になってからもそうだ。むしろ忙しい方がいいとさえ思ってきた。仕事に没頭すれば何も考えずに過ごすことだってできる。寂しさだって忘れられる。

ところが、四十二か三歳を過ぎたあたりから「本当にそれでいいのか？」とふと思うことがあるのだ。ちょうど未沙が顔を出すようになってからの時期とも重なる。

「まだ学生だからよく分かんないけど、先輩の話を聞かされたりすると会社勤めも大変なんだね」

「お〜少しは親の苦労も分かるようになったんだ」

「まだまだ分からないよ〜。でも、就職した先輩も身近にいるし関心が出てきた」

未沙は、法律を勉強しようと自分で決めたらしく大学は法学部を選んだ。勉学とともにテニスの同好会に入って熱心に活動もやっている。仕事漬け人間の父親と自立している母親のそれぞれを見て自分なりにしっかり生きようとしているのが嬉しい。

未沙も結婚すると言い出すときがくるのだろう。いや、まだまだ先だ……野島はそう思いながらも、いつか来るその日のことをまだ想像したくもないと思った。

やはりマイケルという新しいところで頑張ってみよう……。

4　厄介者

一か月が経った。

「事業開発担当ということで頼むよ」

野島は社長室の応接用テーブルを挟んで、株式会社マイケルの社長である佳山の前にいた。

「よろしくお願いします」

「いや～野島君のようなエースを出してくれたので驚いたんだ。緑川さんもよく思い切ってくれたなと。こちらこそよろしく」

佳山はゆったりと優しい顔を向けた。

「いえいえ、まだまだ若輩ですので……」

野島も少し照れながら笑顔を返した。

「キタハラの経営企画室長だったんだし、マイケルの大まかな様子は分かってくれていると思う。既存のビジネスも専務取締役として見てもらうつもりだけど、それより今後の活路をひらいていく分野も大切でね」

「はい」

「で、どう捉えている?」

佳山の優しい顔が鋭さに変わった。グループ会社の業績報告会の場での接し方とは明らかに違う。いまや〝親会社〟の経営企画室長ではない。佳山が社長をやっている会社の役員、しかも〝出向〟ではなく片道切符だ。当たり前といえば当たり前である。

野島は一瞬考えるために少しだけ上を向いた。

「あくまでも私なりに感じたことですので間違っているかもしれませんが……」

「いいよ、話を続けて」

「では……まず一点目に『何とかしよう』と、現場が熱く仕事に取り組んでいること。現場の熱心さ〝熱さ〟を非常に感じます」

佳山は少し嬉しそうに頷いた。

「二点目に、メインの商材への依存が大きくなってきていて、そのことに対する一種の〝限界〟を感じているのではないかということ。三点目に、市場の競争が激しくなってきているということ。そして、何よりも『このままで大丈夫か?』『このままではよくないのではないか?』と、社内がそれぞれの立場で漠然とであったとしても思っているのではないかと感じました。こんなところが率直な感想でしょうか。僭越だったかもしれませんが」

背もたれに寄りかかっていた佳山は、いつの間にかテーブルに右手で軽く頬づえをつきながら、野島の説明をじっと聞いていた。

頬づえをつく心理を深掘りすると〝欲求不満〟の可能性がある。何かが満ち足りていない、つまらない、どうにかしたい。そんな不満が動作に出てくるという。

しかもこれが「自分が欲求不満であること」や「何が不満なのか？」に無自覚だったりすることがあるから厄介である。頬づえはそんな無意識の動作になっているのだろうか。

「なるほど～。よく見ているね。おおむね私も同感なところがある」

「はい」

「だからこそ、昨年、事業開発室を設置したんだけど空回りでね。横山常務の兼任ではなかなか……」

佳山が渋い顔をした。

「それはグループ会社報告会でお聞きしたことがありました」

「そうなんだ。キタハラのリソースで利用できるところはさせてもらいながら、次のこともやっていきたい」

「そこで私に……事業開発担当ということですか」

既存事業には実質的には触らせないつもりなんだろうか。野島がそう思っていることを知ってか知らずか佳山は当然のような顔をした。

「まあそういうことだ。今のこのマイケルの社内のメンバーだけでは発想が広がらないから」

「それと、Mヘルスケアプロダクツ」

「たしか何年か前に買収して吸収合併した……」

「そう、北原英治さんがキタハラの会長在任中に買収したんだ。最初は、別会社のままぶら下げていく方式を想定していたんだがね」

佳山は苦笑しながら、自分の右手を大きく動かしてみせた。「押しつけられた」ことを無意識のうちに表そうとしたのだろう。

「そうでした。顧客サポートとかEコマースをやろうということで買収して、マイケルに吸収したんでした。今はマイケルの事業本部ですよね」

佳山が左の口角をぐいっと上げた。芳しくは思っていない。

「でも、あまり詳しいことはお聞きしていませんので……」

「そうだった。将来性はあると私も思っているんだけど、なかなか……。ウチのカスタマーフォローに生かそうとしてきた。今はコンテンツ配信とかいろいろ試しているようだけどね。そういうビジネスは私にはよく分からないところがあるし、まだまだ採算的にもしんどくてね」

野島は少し嫌な予感がした。

「そこも見てほしい。買収以前からその責任者をやっていた村林君が辞めると言い出してね。社長という肩書からウチの取締役でもない専務執行役員という処遇になってしまっていたし、なかなか成果も上がらないから嫌気がさしたのだろう」

佳山の話は止まらなかった。

「ということで、君にはそこの本部長も兼務してもらおうと思う」

「え～、私がですか？」

おいおい、そうくるのか……。

「そうだ」

妥協はないぞという雰囲気で佳山が少し力を込めた。

「今いるメンバーはそのまま使ってくれ。それと、オフィスがここことは別のビルなので、ちょっと不便だがそれは追い追い考えるとして……」

ここで拒否するわけにもいかず……野島はどうしていいものか思案をした。

佳山はそれを見透かすように畳みかける。

「ともかく、これは君が本部長として見てくれるのがいいんじゃないかと思うんだよ」

ここで断るという選択肢は野島にはなかった。そういう空気である。

「そうですか。分かりました」

ふ～ん。キタハラの緑川社長は知っているのだろうか。知っていても子会社社長のオペレーションの範囲内ということで「そうか」としか言わないだろうが……。

野島は少し不安な気持ちが残ったが「まあ、なんとかなるってことで取り組むか」と思った。

「その後のことは、総務経理部の高阪取締役に言ってあるので、あとは彼に聞いてください」
佳山は立ち上がり「ということで、よろしくな」と言って野島に握手を求めた。

野島が佳山との話を終え社長室を出ると、しばらくして常務取締役の横田と取締役の高阪が呼ばれた。

高阪はキタハラの経理部出身で、佳山がマイケルの社長に派遣された時に同時に赴任してきた。四十歳前の三十九歳。佳山のお気に入りということもあって、四年前に取締役に取り立てられている。

常務の横田は五十五歳。佳山がいた食品メーカーの取引先にいた横山をマイケルの再建を一緒にやろうとスカウトして以来の関係である。

「で、どうされるんですか」

高阪が口火を切ったと同時に佳山が横田を遮るようにして右手を軽く上げ、少しだけ左右に振るそぶりを見せた。

「ああ、とにかく専務で迎えなくてはいけないんでね。事業開発担当ということにし、Mヘルスケアプロダクツ事業本部の本部長を兼務してもらうことにする」

「そうですか。それはよかった」

高阪は喜んだ様子だったが、横田は黙って頷いてからおもむろに口を開いた。

「まあ、よろしいんじゃないですか。いい仕事を担当してもらえるということで」

高阪が横から口を挟む。

「あのMヘルスケアプロダクツ、将来は分かりませんが、なにせ現段階では荷が重過ぎます。北原前会長はなんでも買っちゃうから……。いくら創業家といってもね」

「そして、それをウチが押し付けられた」

佳山もけしかけるように言ってから小さく溜息をついた。

「あそこには総務の井村美紀もそのままいるんでしょう。いいじゃないですか。抑えがいないとこちらも面倒だ。ウルサイ女ですからね」

「横田君、それはちょっと言い過ぎだろう。彼女は優秀だぞ。Mヘルスケアプロダクツがウチの傘下に入ってから向こうに異動してもらったが、頑張ってるよ」

と、佳山が少し含み笑いをしながら横田の言い分をかわした。

横田は女性の登用について厳しい意見を持っているようだ。

「まあまあ、野島専務取締役本部長のお手並み拝見ってところでいいんじゃないか」

こう言って佳山は自分の顎をなでた。

「ここで失敗してもたいしたことはないさ。カネを持て余している新興の成り上がり企業とか、投資先を探しているカネ余りのファンドあたりが買うかもだ」

横田も高阪もフムフムとほぼ同時に頷く。

「緑川社長がウチの取締役に入ってくるのはグループ経営の監督強化が狙いだ。だからこれまで以上にグループ全体の成長とかといって介入してくるだろう。野島もそういう一環で送り込まれているのかもしれない。だからMヘルスケアプロダクツに張り付けておけばいい。それに最終的には北原前会長の責任ということにすれば済むことだ。創業家ご出身トップの案件だったのだし誰も文句も言えまい」

「そしてうまくいけば、それはそれでよし……と。さすがです。佳山社長」

高阪がしたり顔で追従を続けた。

「かといって邪魔はしたらいかんぞ。変にキタハラ本社にご注進されても困る」

「分かりましたっ」

「はっはっはっ」

三人の大きな笑い声が部屋に響きわたった。

「関西支店の猪又取締役も気にしていましたが……」

「そうだな。彼も割れてもいけないから、私から今日にでも電話で伝えておくさ。あいつは従順だし大丈夫だよ」

そう言って、佳山は自分の胸を軽く叩く。

「そうですね。社長、よろしくお願いしますよ」

横田と高阪が少し大袈裟に頭を下げた。

5　離れ小島

マイケルのオフィスから地下鉄で三駅の所にある十階建てのビル、その五階にMヘルスケアプロダクツ事業本部のオフィスが入っている。

マイケルの傘下に入る前からの場所だ。この界隈はまだ下町っぽさが残り、古い居酒屋も並び開発が少し遅れていたエリアである。それが近年ベンチャー系の会社がオフィスを構えはじめ、街ゆく人も住宅街の住人の風情の人に交じってTシャツ、コットンパンツ、スニーカーといったいかにもベンチャー風の若者の姿が目立つ。

この服装では硬かったかな……。

野島は、そんなことを思いながら地下鉄の駅を出てそのビルに向かって歩いていた。川沿いの小さな公園にある桜の花も散り葉桜になっていて吹いてくる風が気持ちいい。

「あっ、すみませ〜ん」

突然、後ろから早足で歩いて来た女性の持っていたバッグが野島の肘にぶつかった。

「おっと」

野島は慌てて振り向いた。

「すみませ〜ん。ちょっと慌てていたもので。ごめんなさい」

その女性がペコリと下げた。

三十代の前半だろうか。百六十センチくらいで痩せ過ぎず太り過ぎず。風に乗ってほんのちょっぴりいい香りがした。

「あっ、井村さん。え～井村美紀さんだ」

香りの主はそう言われて目を大きく見開き「えっ誰?」と一瞬固まった。

「あっ、野島さんでしたよね」

そうだ。マイケル本体のオフィスで挨拶と打ち合わせをした。しかしその時とは違う印象だったので瞬間的には分からなかったのだ。

「こんな所で失礼しますが、改めてよろしくお願いします。野島本部長」

と言ってもう一度軽く会釈をした。

マイケルでの打ち合わせで会った時の服装は、たしかタイトスカートをバッチリ決めたスーツ姿だったし髪型も違った。

「印象が違ったので……」

「へへへっ、マイケルご本体のオフィスに行く時はちょっとクラッシックになんて……ウチはもともとベンチャーですし、外見もそれらしくでいいんですよ。あっ、みすぼらしいとか汚いのは嫌ですけど」

「なるほどね。私のこの服装ではイケてないか……」

野島は自分の着てきたジャケットとシャツ姿を井村に見せながら、道際にある携帯電話ショップのガラス窓で確認してみた。

「そんなことないですよ」

が、内心ではそう思っていないのかもしれない。

「あっ、ちょっと銀行のＡＴＭに寄っていきたいので先に行ってください。千円札だけがすぐに足りなくなるんだ」

「分かりました。それでは、オフィスで。この先ですから」

井村は一つ先の信号の向こうにある八階建てのビルを指した。そしてふたたび足早に離れていった。


Ｍヘルスケアプロダクツのオフィスに入った野島はその明るい雰囲気に驚いた。

机はいわゆる島式には並んでいない。バラバラで小さな打ち合わせデスクだけのように見える。観葉植物が目立つ所に置いてある。最近のいわゆる〝デザインオフィス〟のスタイルだ。たしかに観葉植物には癒やし効果がある。そうそう、風水では調和の気を持っていることからオフィスの人間関係運とか金運がアップすると聞くしね……野島は感心した。

マッサージチェアやボクシングのサンドバッグのようなものまである。観葉植物の陰に座っているメンバーの服装はバラバラで、皆それぞれが画面に没頭しているからなのか静かだ。ＢＧＭとキーボードを叩くシャカシャカという音だけが聞こえてくる。

すると、奥の方から井村美紀と一人の男が野島に近寄ってきた。

「先ほどはどうも」

井村が先に口を開いたと同時に隣に立つ男が軽く頭を下げた。

「技術室長の美馬です。よろしくお願いします」

事前に閲覧してきた社員データでは三十八歳だっただろうか。日に焼けた顔で肩のがっちりした男だ。スポーツマンなのだろう。

「野島です。よろしくお願いします」

すると近くの机で作業をしていた二人の男がチラリとこちらに目をやった。野島が「やあ」と軽く手をあげて声をかけようとしたのだが、スグに画面に向かってしまって応えなかった。他のメンバーもこちらに気づいているのかいないのか……よく分からない。

「もう少ししたら皆が集まりますので、皆の前でご挨拶をお願いします」

美馬は少し申し訳なさそうな顔を野島に向けた。そして「あっ、本部長の席はこちらです」と案内した。

「本部長室というのはないです。吸収合併される前から、前社長、いや前本部長の方針で個室は設けなかったものですから。専務でいらっしゃるのだし必要なら考えましょうか」

メンバー数が六〜七十人の本部だし当面なしでいいんじゃないか……部屋にこもるとメンバー一人ひとりの動きが捉えづらくなる。何百人とか数千人規模になれば一人ひとりを直接把握するというスタイルではなくなるが、この規模では直接のコントロールの方がいいのだろう。

まずは早く顔と名前も一致させたい。そこから始まる。

6　転身への想い

ここクレッシェンド・ホテルに来たのは五年ぶりになる。この会場で大学時代のゼミナール生ＯＢ会が五年ごとに開かれるのだ。今年はその年に当たる。

野島はこのホテルのロビーに着いた。懐かしさに浸りながらも待ち合わせる相手を探した。すると、エントランスから手を振りながら急ぎ足で入って来る男の姿が目に入った。ドアボーイがうやうやしく頭を下げて迎え入れていた。

「お〜、野島君、お待たせしました」

「あっ、長谷川さん。いや、私も今しがた着いたところで」

二人は同じゼミの先輩後輩で、長谷川智之が八期生、野島が二十三期生である。

年の差があっても不思議と通じ合うのは、やはり同窓でしかも同じゼミで学んだという共通体験がそんな同志意識のようなものをつくるのだろう。

「急に今回のＯＢ会の幹事をお願いして済まなかったね。今日は、もう一人で来る予定だったんだけど、急用ということで二人だけになっちゃった」

　長谷川が済まなそうに頭を掻いた。

「いえ、いえ、それはやむを得ないです。現地の下見ということで、取りあえず今日のお役目は長谷川さんと二人で務めましょう」

　頷きながら長谷川は腕時計に目をやった。

「ホテルの係の人との約束の時間にはまだあるから、ちょっとそこでコーヒーでも飲みながら雑談するか」

　ということで、二人は二階にあるカフェに入った。

「どう仕事は？」

　飲み物のオーダーをすると、長谷川はおもむろに切り出した。

「着任してまだ間がないですし、慣れるまでいろいろと結構忙しくて」

「そうだよな。キタハラにいるのならまだしも、マイケルに転勤したんだからな。慣れるまでは忙しいだろうに、幹事役に指名して済まなかった」

「いや〜それは大丈夫です」

「君がマイケルに役員で着任すると聞いて、えっ、って思ったんだ。同じゼミ出身者だからね」

　長谷川は大学教授であるがマイケルの社外取締役でもある。

「正直、驚きましたよ。長谷川先輩と同じボードメンバーになるのですからね。少なくとも月一回はご一緒することになります」

「うん。五年ほど前、マイケルの佳山社長にある勉強会でご一緒する機会があって名刺交換したんだ。意気投合しちゃって、その後二〜三回ほど食事をした。そしたら二年前、急に連絡があって社外取締役になってほしいと誘われたんだ」

経営学を専門とする大学教授としても刺激になるのだろう。

「そういうきっかけだったんですか？」

「とはいっても、君とは同窓というだけで、同じゼミ出身とは佳山さんには言っていない。まあ、あえて言う必要もないだろう。つるんでいるとか変に勘繰られても面倒だし」

それはそうだ。世の中にはいろいろな取り方をする人がいるから、これも一つの処世術かもしれない。

「そうですね。つまらぬ詮索をされてもね」

野島は、キタハラにいたころ緑川との応対で気を遣ったことを思い出した。トップに立つ人間は猜疑心《さいぎしん》が強い傾向がある。そうでなくては務まらないという面もある。マイケルの佳山も例外ではないと思っておくくらいがちょうどいいのかもしれない。

「四十五歳になったんだよね？」

「はい」

「忙しい盛りだ。脂がのった魚ってとこかな。風味や甘みが増していてうまい。はははは、思い切って仕事ができる、そういう年頃ってこと。大いに頑張ればいい」

長谷川が笑顔で言うと野島も笑顔で頷いた。

「長谷川さんは、華麗なる転身ということで、ゼミの同期でも話題の先輩です」

「そうかね。銀行ももういいかなと思ってさ。うまい具合にお誘いがあったんだ。とはいえ、畑が違うんで戸惑ったけど、ようやくペースをつかんできたところかな」

大学を卒業後、長谷川は大手銀行に就職した。

大学時代の成績もよかったからかもしれないが、多くを本部勤務で過ごし途中で社費留学までさせてもらっていた。

「銀行もね、五十歳くらいまでには先が決まっちゃうから。役員になるかならないか、ならなければ出向というコース」

「そうお聞きしますよね。でも長谷川さんは……」

ちょっとまずい話題に行ったかなと野島は困った。思わず目をそらす。

「いやいいんだよ。銀行員として役員になるというのは、密かな目標の一つだったというのは否定しない。自分だってと思っていたけど、どうもなれそうもないな……と思えてしまった。先が見えたというか。ほら、合併、合併だったし……。こっちは被合併銀行だからね。

内部にいる者にとっては、これはこれで結構いろいろあって」

経営統合という名の「合併」……銀行同士はそれぞれの面子の問題も大きく各論の調整が特に難しいと聞く。そもそもポストは減ることはあっても増えることはない。しかも、対等とはいってもそれは建前だ。吸収される側はつらいものになる。

「そして今は大学教授」

「うん。ちょうど銀行で調査部門にいたこともあり、縁があったということだ。銀行にそのまま居残ったり、銀行の斡旋で出向というのもいいんだけど、どうなのよって思ってさ。母校ではないけどいい大学だ。それこそ曲がり角の先には別の美しい景色が待っていたってところかな」

「いや～素晴らしい転身ですよ。専門は経営学ですよね。銀行時代の経験も生かせるだろうし」

長谷川はカップに残っていたコーヒーを飲み干した。

すると近くにいたウエイターが寄ってきてお代わりを注いだ。野島にも注いでくれる。

「マイケルは面白い会社です。ヒット商品もあって業績もいいですし、グループをけん引する会社の一つです。親会社のキタハラ化成はもう少し地味ですから」

「そうだね。君と一緒に関われるということにもなったのだし、これから楽しみだな～」

長谷川の目が生き生きしているのを感じて、野島は自分も力づいたような気がした。

Point

「度量」のリーダーへのポイント①

「基本姿勢は自分の信念に従い行動的に！ただし、時には納得できないことにも意義や大義を見いだし、前向きに受け入れ努力することも度量の一つ！」

この男からの難題はいつものことだ。野島の基本姿勢は自分の信念に従う行動的人間であり「納得がいかなければ言うことを聞かない」のだが、そこに意義とか大義を見つけるべく努力をしてできるだけ受け入れてきた。今回もキツイかもしれないけれど「人生、迷ったときは難しい方を選べというではないか。喜ぶべき話だ」と思うことにした。谷藤のことはともかく、野島はすでに前向きに受け入れていた。

〈またしても難題を持ちかけられ、それをどう受け入れようか……と迷う場面〉

※本文29ページより

「ネガティブに捉えるのではなく、
それをどう切りひらいていくかは自分次第である」

「体のいい厄介払いか」「これを機に辞めてやるか」……しかし「あのストレスから卒業はできる」「案外、面白いかもしれない」「転職は一時お預けとするか」……。

そんなことを思い巡らせていると車は野島の住むマンションの近くに来た。野島はドライバーに声をかけ降ろしてもらうことにした。

「ごちそうさまでした」

「お～期待しているよ。いつかも言ったけど『曲がり角の先には、きっと嬉しいことが待っている』ってものさ。はっははは」

（略）

野島の顔に苦笑いが浮かんだ。

〈転出を命じられ思いを巡らせる場面〉

※本文30ページより

第二章 「覚悟」を知る

7 洗礼？

挨拶回りや諸々に忙殺された野島の着任後一か月はあっという間に過ぎた。

ミーティングが長引き、資料に目を通していると気がつけば午後五時半を回っていた。

「少しでいいのでお時間がほしいと美馬室長がおっしゃっています。もうすぐお出掛けの時刻ですがどうされます？」

野島の席に総務室長の井村美紀がやって来た。

「私には専任秘書は要らないから、適当でいいよ」と野島は言うのだが、何かと面倒を見てくれる。井村はこの事業本部が買収されてマイケルの傘下に入って程なく、マイケルの企画部から異動してきた。たった一人でアウェーに置かれてきたことになる。そういう経緯もあるからなのだろうか、野島に対してはなにか親近感のようなものを感じているのかもしれない。

「う〜ん、じゃ、今にしよう」

野島はちょっと迷ったが、明日は休みだし面倒なことは今日のうちに片づけておこうと思った。

「分かりました。あっ、それと……お言葉には気をつけてくださいよ」

「えっ？」

「いいえ、美馬さんたちの雰囲気がなにかちょっと前のめり気味みたいな……。いい話じゃなさそうな感じです」

「え〜それは嫌だな〜」

それを聞いた井村が意味ありげな表情をしたような気がした。ふと目線を上げると、すでに美馬が近くに来て待機しているのが分かった。さらに二〜三人いそうだ。

野島は美馬に手招きして、井村が手元の端末から予約してくれた近くの会議室に入った。


テーブルを挟んで野島の目の前に美馬のほかに三人が座った。

「悪いけど、これから銀行と会食があるので手短に頼みます」

その野島の発言が終わるか終わらないかのうちに美馬が口火を切った。顔の表情が少し硬い。

「いえ、お時間は取らせません。単刀直入に申し上げます」

野島は身構えながらも、ここは口角を下げないように心がけた。向こうが硬いならこっちも硬くするのではなく少しでも柔らかくしないといけない。

「下に辞めたいと言っているのがチラホラいる。しかしもう抑えが効かない……」

「えっどういうこと？　穏やかじゃないね」

そう来たか……。

「新体制になって皆心配しているんです。どうなるのかって」

「どうなるって、これから頑張るってことでしょう？」

「このままでは辞めますよ、たくさん。すると事業が継続できない可能性も出てきます」

欠員が出るってことか。そう来るか。いや待てよ、まだ着任して一か月しか経っていない。仕事もメンバーの人間関係も掌握できていないのに、いま穴が開いてはまずい。少し動揺している自分を感じる。

「仮にそうだとしても、まずはそうさせないように持っていくのが皆さんの役目じゃないの」

「そうは言ってもですね。われわれもいろいろとお聞きしたいこともありまして……」

あ～これは時間がかかりそうだ。

「ともかく申し訳ないがこれから出掛けなくてはならない。では、宴席を終えたら帰ってくることにする。それからでもいいかな？　明日は休日だし、少し遅くなっても大丈夫だろう。どう？」

「分かりました。われわれは何時になってもお待ちしています」

あの雰囲気はまるで団交のようだ。美馬は技術室長だ……一体何なんだ。タクシーの中で野島は頭を巡らした。


銀行との会食といっても、キタハラ時代の取引先銀行の担当部の責任者と担当者が野島の転勤と専務取締役就任祝いとして一席設けてくれたのだ。キタハラの経営企画室長時代に接点がよくあった。現在のところ特段の大きな事案を抱えているわけではないが、銀行の立場からするとマイケルでのビジネス機会が何かあるかもしれないという下心もあるのだろう。交わされた会話は正直言って当たり障りのないものばかりである。申し訳なかったが美馬たちがオフィスに待機しているということを思うと野島は上の空の気分だった。

ようやく「お開き」となりオフィスへとタクシーを急がせた。はて美馬たちは何を言いたいんだろう……車中でいろいろなシミュレーションをしてみるが思いつかない。「事業計画上の数字を見直せ？」「人事異動への異議とか要求？」「給料を上げろ？」？？？　組合の団交でもあるまいし……先ほどまでの会食は野島の頭からすっかり消えていた。

野島がオフィスに戻った時はすでに午後九時半を過ぎていた。

井村は退勤していたので自分で会議室の電気をつけ美馬に声をかけると十分ほどで美馬以下の四人が集合した。

「わざわざ戻っていただき申し訳ありません」

席に座った美馬が頭を下げた。

「ウーロン茶ばかりで酒はほとんど飲んでいないのでシラフだから」

座を和ませることも狙って野島はわざと大きな声で笑った。

あっ、かえって大きな声で笑うと酔っているように思われるか。ともあれ明るいに越したことはないだろう。

するとその中の女性がクスッと笑った。商品企画のリーダーをやっている近江奈緒だ。その隣は、オペレーションセンターのリーダー楠木。そして営業リーダーの合田が並んでいる。面談をした時の印象ではそれぞれに目立っていた。

「あっ、これさっき買ってきた缶コーヒー。よかったら温かいうちに飲んで。こういう時に缶コーヒーというのは、TVドラマの定番シーンだよな。はははは」

野島は話のきっかけをつくろうと努めた。

しかし、軽く頭は下げたものの誰も缶コーヒーに手を出さない。

四〜五秒の沈黙のあと美馬がそれを破った。

「あの〜先ほど申し上げましたように、辞めると言い出している者がちらほらいまして。しかも重要な奴です」

「重要って、どの人も重要だと思うけど……」と野島は少しだけ首をかしげた。

しかし、美馬は構わずに続けた。

「この本部は今後どういう方針でいくのでしょうか？」

「というと？」

「二年と少し前にこの会社、いや、このMヘルスケアプロダクツ事業本部は、当時の親会社の都合で身売りされましたが、ベンチャーの雰囲気のある会社だったのです」

野島は表情を変えず黙って頷くだけにした。

「キタハラグループのこのマイケルの一事業本部になったのですけど、それまでのわれわれの社長だった村林さんがそのまま本部長となり、マイケルの他部門とは一線を画した運営が許されてきました。本部名にマイケルのMを付けさせられましたけど、他はいわば〝一国二制度〟のような……。それでいいという約束だったと聞いています」

「そうだね」

「しかし本部長交代です」

淡々と話している美馬ではあるが、思い詰めたうえで話しているのが分かる。

「先日、野島本部長は『新しいステージである。新しいやり方でマーケットを切りひらいていこう』とおっしゃいました」

「たしかに言ったし、そのとおりだと思うから」

「そうですが、これまでのやり方をただ否定されてもいかがなものかと思います」

するとそれまで黙っていた楠木が口を開いた。

「あの～美馬さんを外すという噂を聞きましたが、そうなんですか？」

「いやそんなことは聞いていないよ。誰が言っているんだ？」

そんな噂があるんだ……野島としては現有のメンバーを入れ替えようとは考えていない。軌を一にしていければ必ず力を発揮できるようになると思っているからだ。

たしかに、美馬はちょっと真面目過ぎるところはあるけれど、技術屋さん特有のこだわりのようなものを持っているからだけだろう。だが排除したいとはまったく感じない。

「この本部をどのようにされようとしているのかよく分からないんです。われわれの元々の代表だった村林さんは、そのまま本部長でいたのに辞めさせられたようなものでしょうし……」

辞めさせたのではなく、嫌になって辞めたはずだけど……。

「そうですよ、この会社はどうなっていくのですか？　野島本部長は親会社のキタハラの経営企画室長だったわけですし、なにか大きな動きを計画されているのかなと」

隣に座っている合田も続いた。

「この会社をどのようにって？」

野島が聞き返すと今度は美馬が続けた。

「失礼しました。私のことはともかくです。この会社、いやこの本部はもともとＩＴベンチャーとして名を上げた会社の一部門からスタートしました。だからそういう活気というか、若さは生かしてほしいということでして」

気がつくと野島は腕を胸の前に組んでいた。知らずに緊張して防御の姿勢を取っているのだろう。

「で、どうしたいんだ？」

四人を睨み返す。野島の眉間にはいつの間にか皺が寄り、組んでいる腕は腹の上あたりに移っていた。

「まず、ベンチャー精神を守るという観点からキタハラグループ流の経営やマイケル流の経営とは一線を画すこと。具体的には、人事異動や規則の改正も画一的に進めないこと。具体的には私たちをはじめリーダークラスたちが集まる事業会議でもんでほしい。ましてや、またもやこの本部をつぶすとか売却するとか」

「藪から棒だな。まあ、そう硬くなるなよ」

美馬以下四人はジッと野島の顔を見据えた。紅一点の近江菜穂も怖い顔だ。

「まず、重要な事項について皆さんを無視して進めるということはないね。皆さんは幹部なんだし当然だろう。しかし、私も一応マイケルの専務取締役でもある。株主に対する責任は役員が負っている。だから、取締役会で決めることになるのは自然だと思う」

目の前の楠木と合田は口を真一文字にキッと結んでいる。不満顔だ。硬い。

「もちろん株主への責任は大事だがもっと大切なのは従業員あっての経営であり、お客さまへの責任だと思う。だから、君たちが想像するようなむちゃくちゃなことはしないしできない。辞めたいと言っている人がいると言っていたけど、その人たちの辞めたい理由は？　経営体制に不満ということばかりじゃないと思うけどな」

「とおっしゃられても……」

こんな感じの堂々巡りが延々と続いた。

野島は「よし、それなら体力勝負で何時間でも付き合ってやる」と持久戦に持ち込むことにした。

これが「再社会化」の洗礼を受けているということなのだろうか。たとえ新参者が本部長であろうが誰であろうが、既存の勢力は本能的に反発を覚えるものだ。ある種の既得権益のようなものが生じてくるからである。しかも、当面とはいえ「一国二制度」のような運営を約束されていたのだからなおさらであろう。

要は、天下りしてきた本部長の野島に対して、「どうするつもりなんだ！」「素人はおとなしくしていてくれ！」「やるんだったらお手並み拝見だ！」……と言いたいのだろう。しかし、マイケルの佳山社長以下の横田や高阪といった他の役員は野島に丸投げを決め込んでいる。当然ながらその矛先が今夜この場の野島に向けられたというわけだ。

堂々巡りは続き、気がつけば夜中の二時を回っていた。さすがに全員が疲れてきて頭が回らない。こうなってくると、一種の一体感のようなものが生まれてきた感覚になるから不思議だ。話し込むというのは大切である。

「おっ、こんな時間だ。今晩はこのくらいで休戦というのはどうだい」

「休戦ですか……そうですね！」

近江が疲れた赤い目を大きく開いて嬉しそうに呟いたのがきっかけになって、室内には急にホッとした空気が広がった。

「また改めて話そう。こんな時間だから皆、タクシーだろうけど気をつけて帰ってくれよ」

野島の宣言でこの場は解散となった。

「ふ～疲れた……」

そう呟いた野島だが、なんだか少し爽やかさのようなものも感じた。膝を交えて話ができたということで、これはこれでなにかの光のようなものを感じるからなのだろう。

8　一国二制度？

週の初めの月曜日はなんとなく朝がつらい。もう少し言えば日曜日の夜になってＴＶの大河ドラマが終わると「あ～明日からまた仕事だ」と、何となく憂鬱さが出てくる。会社勤めの人には大なり小なりそんなところがあると思う。

ところが、マイケルに着任してからの野島は必ずしもそうではない。むしろ少しでも早くオフィスに行きたいと思うようになった。

専務という肩書ではあるがマイケルのトップではない。だがＭヘルスケアプロダクツ事業本部のオフィスに来ると、ここでは一国一城の主である。しかもオフィスもマイケル本体とは別のビルにある。

だからなのだろう、週初めがつらいということも感じなくなった。一つの組織の責任を背負う立場の者というのはそのようなものかもしれない。

しかし、この日はちょっと気が重いところがあった。三日前の金曜日、美馬以下四名と夜中過ぎての押し問答があったからである。正直言って「なんであそこまで言ってくるのだろうか」との思いが消えなかった。

定時にはまだ早い時刻で社員もまばらなオフィスに着いて少し経つと、井村美紀が出社してきた。

「おはようございます、本部長。金曜日は遅くまでだったんですか？」

「お～お早う。いや～遅くまで膝をつき合わせることになっちゃって」

朝はテンション高めぐらいがちょうどいいと、野島は努めて明るく応えた。

「やっぱり」

井村が小さい声で呟く。予想していたのだろう。

「でも、美馬君だっけ。なかなか骨があるじゃないか」

「それはそうですね……」

少しこもったような井村の声を耳にして野島は少し怪訝そうなまなざしを井村に向けた。

一瞬の間が開く。

「純粋な人たちですから」

その井村の声を聞きながら、野島は自分のデスクの横にある小さな二人掛けのミーティングテーブルの椅子に座るように促した。

「なにか言いたそうだな」

近くの席の社員がまだ出社してきていないので話しやすいかもしれない。

井村は「はい」と言って自分のデスクにバッグを置き、デスクトップのスイッチをオンにしてからやって来た。

「美馬君たちの言い分は予想していたの？」

「はい。実はそうなるだろうと……」

「というと？」

井村は口を真一文字に結んでいる。数秒の間ができた。

「あの〜。この本部はご承知のように二年ほど前にM＆Aで買収された会社です。そして吸収されて事業本部になった」

「うん。そうだった」

「私もその直後にこっちに異動させられたんです」

「マイケルの企画部からアウェーに舞い降りたんだよな。企画担当として」

井村が大きく頷く。

「たった一人で苦労もいっぱいあったんだろう」

「そうなんですよ。私、佳山社長や担当役員の横田常務とかにズケズケと言っちゃうのでうるさがられたんです。横田常務なんかは女から言われるのが本当に嫌だったみたいでしたしね」

たしかに横田から見れば苦手なタイプかもしれない。

「大変だったんだよな〜」

そう言って野島が頷くと井村の気持ちが少し和らいだようだ。

「吸収後、それまでの社長だった村林さんがそのまま本部長として残られました。その時にマイケルの佳山社長がメンバーを集めて『マイケルに吸収となったけど皆さんの仕事は今までと変わらなくていい』って言っちゃったんです。へ～最初が肝心なのに～と思っちゃいました」

「そりゃそうだな」

そうなのだ。M&A実行以降に失敗するトップの典型的な発言に「皆さんの仕事は今までと変わりませんから」がある。しかし、買収される側も買収された直後は衝撃波に耐えようと身構える。実は前向きだ。そうでない者はさっさと去っていく。だからこそ、はっきり言わなくていけない。

「ですよね。それもあって村林さんは、それまでとやり方を変えませんでした。〝一国二制度〟とおっしゃっていました」

「そうなれば、下も右へ倣えとなる」

「そうなんですよ。私はどうすればいいのかってことに。マイケルの企画部から来たんですよ。それなりにいろいろと提案したんですけど、村林さんは『そうだね』と言うだけで……」

「君としては歯がゆかったと。それで、総務室へか」

「そうなんです」

井村が大きく溜息をついた。

「突然、吸収元から企画担当として送り込まれてきたのですし、警戒というかうっとうしがられたんですよ、だからかな、一年で担当替え……」

遮って口を挟みたい衝動にかられたが、野島は大きく頷きながら井村の話を聞いた。

「総務室長といったって、私ともう一人だけです。本社業務はマイケルの総務経理部に投げちゃってますのであまりないし……でもいろいろちょこちょことありますけどね」

ペロッと舌を出し、左肩をひょこんと上げて微笑んだ。

たしかに新参者は抵抗を受けるのが常である。それを「再社会化」の洗礼という。井村もその洗礼を受けたのだが、そこでつまずいてしまったのだろう。

「美馬さんたちは真面目な人たちなんですよ。だから……」

井村は言おうか言うまいか一瞬迷ったようだが、野島が軽く頷くのを見て話を続ける気になったようだ。

「村林さんがいなくなったのですから不安なんですよ。そして内心ではこのままではいけないと思っている。そんなこともあって先週の金曜日の夜のような形になったんじゃないかと。ただ、あの四人が一枚岩かどうかは分かりませんけど」

ガチャッ。その時、扉が開いて誰かが出社してきたようだ。

井村がその音がする方向に顔を向け「では」と言ってテーブルから離れた。

「おはようございます」

美馬だった。

「お〜おはよう」

野島が応えると、美馬は軽く会釈をして野島のデスクに近づいてきた。

「金曜日はありがとうございました。遅くまでお付き合いさせてしまってスミマセンでした」

改めて頭を下げた。笑顔はないが真面目なキャラなんだろう。

「いや〜ちょっと疲れたけどな。でもまたやろう」

「はい。ありがとうございます」

そう言って美馬は自席に座った。

9 大口解約

三週間ほどが経ったある日。

美馬が営業リーダーの合田と共に野島の席にやって来た。

合田は日頃は冷静なタイプなのだが珍しく興奮している。尋常ではない気配だ。

「おっ、どうした?」

「本部長、クライドスター社がウチとの取引を打ち切りたいと言ってきました」

「えっ？」

「信頼関係でやってきたのに裏切られたと言っています。すべてを引き揚げるというのです」

「藪から棒な話だな。一体どういうことなんだ。あそこは売上的にはウチの本部の最大手だよな」

「それが……」

「いいよ、構わないから言ってくれ」

言い淀んだ合田を促した。

「はい。キタハラが半年ほど前、ある会社に出資をしましたよね」

「それが？」

「はい、その会社、実態としては大きな動きはしていなかったようですけど、どうやらクライドスター社に卸している『ガンバルハイ』と類似のものを廉価で取り扱うようです。販売ターゲットも同じらしい」

「なんだって」

野島は思わずデスクに両手をついたまま立ち上がった。

「クライドスターの八橋ＣＥＯは怒り心頭で、『利敵行為だ、責任者を呼べ』と息巻いているらしいです」

「あっ、あの案件か！」

キタハラの経営企画室長在任中に緑川からの指示で急遽起案した案件だ。緑川からの無理筋の指示、そして他の役員への説明で難儀したことを思い出した。

「ご存じだったのですか？」

「いや確かに買収を起案した。しかしあの会社は、『ガンバルハイ』のようなヘルスケア用品を扱うとは聞いていなかったが……」

「それが、実際にはやると」

「胡散臭《うさんくさ》いところはあったことはあったが……」

「あれは緑川社長がごり押しした案件だった」と言いかけて野島は口ごもってしまった。

あのコンサル屋が絡むとロクなことがない……しかし、皆に言える話ではない。

『ガンバルハイ』は外資系トイレタリー・ヘルスケア用品メーカーであるクライドスタージャパン社のブランドで販売している健康度測定キットである。Ｍヘルスケアプロダクツ本部ではそれを五年ほど前からＯＥＭの形で生産を行ってきた。マイケルに吸収される前の時代に開発したもので実用新案登録まで行っている。しかし、独自の営業体制をつくるということを選択せずクライドスター社へ独占的な販売権を安易に与えてしまったのである。その代わり大きな売り上げと安定的な利益を生むことになった。Ｍヘルスケアプロダクツ本部の前身の会社の社長であった村林の判断だった。

「ともかくクライドスター社の社長に直談判に行く」

野島は憤然と立ち上がった。

合田がハ～と鼻で息を大きく吸い込んでから吐き出した。自分を落ち着かそうとしているのだろう。

「よし、まずは佳山社長に連絡を入れる」

そう言うなり、野島はスマホを取り出して佳山に電話を入れた。

呼び出し音が続くがなかなか出てこない。来客中か……切るか……ようやく繋がった。

「どうした？」……どうやらエレベーターを降りたところらしい。

野島は事のあらましを手短に伝えた。

「え～！　なんなんだ。とにかく思いとどまらせろ。君の責任でやってくれ」

「第一声がそれかよ」……野島は怒りを覚えたが黙ることでそれを抑えた。しかし、キタハラが実行した出資が原因というのはまだ言えなかった。それは事実を確認してからにしようと思った。

「それで、仮に、仮にだよ、最悪で全部パーになったとしたら業績へのインパクトはどうなるんだ？」

業績へのインパクトはもちろん大事だが……。

「キタハラ本社の緑川社長へも知らせておきますか？」

「そうだな、君から報告しておいてくれ。緑川さんはウチの取締役でもあるしな。知らせておかないと後でうるさい」

そう言って佳山は電話を切った。佳山はやはり緑川が苦手なのだろう。

その前に野島は頭を整理するために自席で十五分ほど考え込んだ。報告するにしても頭の中でシミュレーションが必要である。特にうるさい上司に向けての場合は必須だ。

「よしっ」

野島は、キタハラの緑川社長秘書の飯田に連絡をとった。

「緑川社長は？　至急繋いでほしい」

「どうなさいました？」

数か月ぶりに聞く飯田真央の声だ。仕事の関係で経営企画室時代は二日に一回以上はコンタクトをとっていたことが懐かしい。

「至急、報告したいことがあるので」

「分かりました。いま社内ミーティング中ですがお繋ぎします」

数秒とはいえ、こういう時に待たされる時間は長く感じるものだ。

「お～どうした？　いま大事なミーティング中だ。手短に頼む」

言葉は平静だが機嫌が悪いことが電話越しに伝わってくる。緑川の近くでの仕事を何年かやったのでその雰囲気は痛いほど分かる。中途半端な話だったりした時は、怒鳴り散らすことも度々あった。

「Mヘルスケアプロダクツ本部の主力商品である『ガンバルハイ』を取り扱っているクライドスター社がウチとの取引打ち切りを言い出しています」

「それがどうした？　そうさせないように動くのが佳山や君の役目だろう。そんな細かいことといちいち言ってくるな」

イラついているのが伝わってくる。

「いや、それが……」

野島は言葉を躊躇《ためら》った。

「なんなんだ。今忙しいんだ、切るぞ」

「いえ、以前キタハラが投資した案件で、その投資先が類似商品を大々的に取り扱うことになって、それを信義則に反すると怒っているようです」

「……あ～あれか。それとこれとは関係ないだろう。言いがかりだ」

あっさりとした反応だった。

「それはそうですが、『ガンバルハイ』の取り扱い経緯から見て、そうとも言い切れないかと……」

「知らん。面倒な相手だな。とにかく抑えてこい」

「最悪の場合切られることも頭に置いておく必要もあるかと思います」

「切られる？　押し返せ。抑えてくるのが大前提だ。だが……」

緑川が言い淀み、一瞬の沈黙があった。「だが」……不気味だ。

「まあ〜いい、全体から見ればたいした数字じゃない。じゃあな」

なんと、緑川が大胆なことを言い放って電話を切った。

これまでの経験では「何とかしろ！」とまずは怒鳴り散らすはずなのに拍子抜けする。しかし、反対に冷静な応答に聞こえないこともない。変なことに野島は少しホッとした。こうなったらともかく、クライドスターの八橋に談判するだけだ。当たって砕けろ。いや、砕けるのは困るけど、真剣に当たれば次の展開が見えてくるというものだろう。野島は大きく深呼吸をした。

そうはいっても、緑川が進めた投資案件がこうしてブーメランのように返ってくるとは……

「う〜ん」と唸りながら野島は大きな溜息をついた。

10 対峙

クライドスタージャパンのオフィスはＭヘルスケアプロダクツ本部のあるオフィスから地

下鉄で数駅離れた所にある二十階建てのビルにあった。

野島は合田と共にその五階にある応接室に通された。

約束の時刻から三十分は待たされている。ワザと遅れるつもりだろうか。

巌流島の宮本武蔵気取りされてもなあ～。野島は一人で苦笑したが隣に目をやると合田は硬い表情のままである。出されたお茶には口もつけていない。冷めているはずだ。

カチッ。

ドアが開く音がした。

少し赤みを帯び脂ぎった丸顔で薄毛の小柄な五十代前半の男、もう一人は細身で少し背の高い男の二人が入ってきた。

すかさず野島と合田は立ち上がった。

「マイケルの野島です。いつもお世話になっております」

野島が頭を下げながら名刺を差し出した。丸顔の男もゆっくりと差し出す。

「ＣＥＯの八橋です。どうも」

隣の男は営業担当ですでに数回は会っているので会釈だけとした。

この細身の男はすぐに持参したノートブックＰＣを開いてメモを取る体制に入る。何もこれ見よがしに目の前でキーボードを打たなくてもいいだろうに……。

「あの～『ガンバルハイ』の件で……」

八橋はソファに少し反り気味に座っている。

「ひどいことしてくれますな。喧嘩売る気ですか。あれはウチのドル箱の一つです。お宅とのご縁で始まったもので……」

「と～んでもないっ」

慌てて右手を振って否定の姿勢を示した。野島の尻が軽く浮いた。

「あれはキタハラの投資先の会社が……。純粋投資先で連結にも入っていない先です」

「それはないでしょう。ホームページにアップされているリリースにはキタハラさんも株主だと書いてあった。しかも、ウチのライバルであるスミス&ミラー社も株主に入っている」

八橋の頬が紅潮してきているのが分かる。高揚して顔に血が上っているのだろう。

「とにかく、ウチのブランドと販路で売ると合意した時からウチとの独占契約だったはずです」

甲高い声がウザい。

「そうです。ですが御社もウチからだけ入れているわけではないですよね。ウチとアーガスオーサワさんとの二社体制と聞いています」

「そ、それはお宅の生産能力の関係からやむを得ずそうなったわけで、お宅の村林さんもご了解されてのことです。あっ、村林さんはもういらっしゃらないんでしたね。でも、会社同士の約束は継続されますから」

「それはそうかもしれませんが……」

野島は言い返すことができなかった。

複数社体制での生産を容認する覚書を取り交わしていたことは、ここに来るまでに確認していた。

「ともかく、お宅の親会社であるキタハラさんが投資している会社の動きを止めてくださるか、投資そのものを引き揚げてくださるか。誠意あるご回答をお願いしますよ。そうでないとお宅とは……そうそう、野島専務はキタハラさんの経営企画室長だったと聞いております」

「それはそうですが」

野島の声のトーンが少し高くなっていた。

そのトーンに八橋は刺激を受けたようだ。さらに甲高い声で続けてきた。

「だったら、なんとかしてくださいよ！　影響力がおありになるんでしょう？　責任の一端があるんじゃないんですか。少なくとも道義的には」

野島は八橋を睨むように見据えるしかなかった。

八橋の隣に座っていた細身の男がＰＣのキーボードから手を離し口を開いた。端正な顔だ。いや、冷たい顔といった方がふさわしいかもしれない。

「ＵＳ本国のコンプライアンスがありまして、ジャパンにも適用されるんです。まあ、ここでこれ以上やっても仕方がないでしょうから。来週にでもご見解お聞かせ願いますか」

USだ？　ジャパンだ？　そんなもの……怪しいもんだ。

「はい。本日のところはこれにて。また改めます」

野島が頭を下げるとそれを見た合田も慌てて合わせるように頭を下げた。

「そうしてください。誠意ある的確なご回答をお待ちします」

八橋は野島たちを促すように「さあ」と言って立ち上がった。

ここはいったん引き下がるしかあるまい。


野島と合田がオフィスに戻ったのを見て井村が「お疲れさまです」と声をかけてくれた。だが、野島と合田の様子から井村はそれ以上声をかけることができなかった。

野島からは真っ赤なオーラのようなものが出ていたはずだ。怒りは強い感情なので、その人がもつ本来のオーラよりも優先して、頭と顔のまわりにはっきりとした濃い赤があらわれる。これが単に「緊張しているときのオーラ」の場合は、本来のオーラを覆うほどではない薄っすらとしたものだが、怒りのオーラの場合は、一時的な感情のほうが勝ってしまうものである。

怒りが出て間もないときや、その時だけの怒りの場合は、エネルギーが集まる活気というメリットがあり悪いことばかりではない。ところが、怒りがいつまでも続いてしまうとエネルギーに古さや重さが出てきてしまってネチネチと後ろ向きになってしまいかねない。だから、このエネルギーが新しいうちは場合によっては次へ前進するための力になることがある。野島はともかく行動することにした。ここはいくら考えても仕方がないわけで動くことからしか道はひらけないと思った。

まず佳山へ「抑えられない勢いです！」と電話で報告した。

自分でも驚くほどの強いトーンだ。

佳山からは「なんとかできないのか？　ダメなら緑川さんに余計なことを言われないようにしておけ」とだけだった。

あまり関わると自分の責任問題になりかねないので用心しているのだろう。

次に、合田の他、美馬、オペレーションセンター長の楠木、商品企画リーダーの近江、そしてライセンス室長の篠原を集めた。さらに井村にも加わるように伝えた。

「なぜあそこまで八橋ＣＥＯが関わるのかよく分からない」

野島が吐き捨てるように言った言葉に美馬と合田が応じた。

「あの八橋ＣＥＯは、一年前にスカウトされて着任したのですよね」

「外資系ばかり数社を渡り歩いてきたらしい。八橋ＣＥＯになってから社内だけでなく外注先に対してもキツイと噂があります」

「ウチは外注先という位置づけになるってわけか」

「そうですね。本当はそんな単純な経緯じゃないんですけど……」

「でも、村林さんが販路とブランドを向こうに委ねるという契約をしてしまったんですから、今となっては……」

ライセンス室長の篠原が言うと楠木が反論するように補足した。少しキッとなっている感じがする。

「それはそうだが、あの頃のウチには販路を開拓するという力と時間が足りなかった。だからあの判断しかなかったんですよ」

楠木としては慕っていた村林を弁護しておきたいのだろう。

「そうかもしれんが……ウチの本部の全売上が二十億として、そのうち七～八億はクライドスターだからな」

そう野島が言うと「うん」「うん」と美馬、合田、篠原、近江がそれぞれに頷いた。

するとそれまで黙って聞いていた井村が割って入ってきた。

「依存し過ぎですよね」

その途端に皆の頷きが止まった。それをきっかけにして野島が皆を見回す。

「それはそうだ。ウチの本旨はあの『ガンバルハイ』の事業本部として成長していくことなのかい?」

「いやそれは……」

美馬、合田、篠原、近江、そして楠木の五人の声が共鳴する。

「ウチは、コンテンツ配信やEコマースをはじめとしてネット分野の将来に着目して注力してきている。しかし、これは先行費用がかかるけど売り上げにはすぐに繋がらない。しかも、売り上げは毎月定額が入るというスタイルだから一気に売り上げが立つわけではない。しかし、安定的でしかも後になるほどにコストは低減する。そう信じてやってきているんだろう？」

「それはそうですが……まだまだです」

「しかし、花が咲くまでの繋ぎの収益と割り切ってもいいんじゃないか。しかも『ガンバルハイ』もいつまでも売れ続けるとは限らない。市場からの飽きというのは必ず来る。それもそんなに遠くないのではないか。実際のところ、明らかに昨年あたりから伸びが落ちている」

「村林さんもそう考えていたと思います。ただ、次のビジネスに時間がかかっていたというのはわれわれも責任を感じていますけど」

「それならその時期、つまり『ガンバルハイ』の衰退が訪れる時期が早まったと割り切るというのはどうだ」

「そうはいっても、もったいないですよ」

「そうかもしれない。しかし、いつまでもしがみ付いているから切迫感が足りないというのは言い過ぎかな？」

「う～ん、それはちょっと言い過ぎです」

近江が少し口を尖らせた。でも本当に怒った顔ではない。

「そうか。すまん、すまん」

野島が頭を掻いたのを見て皆が笑った。

するとそれまで黙っていた楠木が組んでいた腕を解きながら口を開いた。

「そもそも、キタハラが変な投資をしたことが原因なんでしょ？」

皆の視線が楠木に注がれたがスグに野島に戻った。

「あ～、八橋ＣＥＯはそう言っていた。だが、まだ具体的には始まっていないし、どんな程度のものを作るのかさえはっきりしていない。作るという話だけだ。しかもキタハラが出資したといってもたかだか九パーセントだ。連結にも入らないし、もちろん人の派遣すらない」

「でもホームページのリリースでは……」

「それは主な出資者の一つということで開示しただけだろう」

「あの～」

井村が躊躇《ためら》いながらも手を挙げて発言を求めた。

「今回の件は八橋ＣＥＯが在任中の成績がほしい。つまり製造コストを下げるというエビデンスをつくりたかった……」

「というと？」

「『ガンバルハイ』製造の合理化策の実施を行っていると、ＵＳ本社に見せたいんじゃないのですか」

「それはありかも」

皆が唸った。

井村はちょっと照れながらコクリと頭を会釈程度に軽く下げた。そして、ひと呼吸してから少し控え目に呟いた。

「でも……今回の件はブラフで、単に納入価格を下げさせたいだけだったりして……」

野島にピンと来るものが走った。

「たしかに……それが本丸かもしれない。だが、今回こちらが値引きを受け入れたとしても、今後も追加で要求してくると構えておく必要はあるだろう」

「そうですね。少なくともコストを削らせれば、彼らにとっての確実な増益ポイントになりますから、また何回も求めてくることはあり得ます」

皆の意見が出そろったのを見計らうと野島が皆の顔を見据えた。

「いいか。ここは私に任せてくれ。こうやって話しているうちにすっきりしてきた。あの事業からは撤退しても構わないと皆が腹をくくって頑張ってほしい。頑張ってくれるか？」

「それはそうですけど……」

「まあ、とにかく今日はここまでだ。ありがとう。仕事に戻ってくれ。解散」

六人はそれぞれなりに気持ちの整理ができたといった表情になった。


野島は帰りにクレッシェンド・ホテルのバーに寄った。

たまにふらっと一人で来てハイボールを飲む。商社時代の先輩に教えてもらったのだが頭の中を整理するのにはこうした時間は大切である。

回りを見渡せば静かな雰囲気の中で談笑する者や静かに物思いにふけっている者がいる。贅沢だといわれるかもしれないが、ハイボールの数杯程度でそうしたことが叶うのなら安いものだと思う。

「ハイボールお願いします」

バーテンダーに注文する。

すでに頭の中は考えが巡っている。

たしかに『ガンバルハイ』はMヘルスケアプロダクツ本部になる前からのヒット商品であった。派手なクライドスター流の宣伝効果もあってドラッグストアとか量販店といったリアル店舗での扱いが多い。

しかし、村林たちが当初から狙っていたのは、リアル店舗での販売も重要ではあるが、へルスケア意識の高まりとともにむしろネットでの販売にこそ力を入れていこうというものであったのではないか。そして、本当は自前で直接に販売をしたかった。しかし、当時の親会社の資金的な事情もあってOEM生産を受けることに甘んじることとし現金収入を優先したのだろう。

　ネットでの販売は顧客情報を蓄積できるというメリットがあり、クレジット払いを中心にしていることもあって貸し倒れもない。WEBマーケティングをシステマティックに行っていくことで在庫が適正化されていくことも可能となって安定的な基盤になっていく。

　さらに次の段階はその顧客基盤を生かしてコンテンツ配信事業に打って出ていこう、そうすればプラットフォーム事業など次の展開も広がる……こう描いていたのだろう。北原英治が、村林の会社を買収しようと閃いたのもこうしたことかもしれない。

「北原英治さんの勘は、年は取っても鋭いものがあるからな……」

最近では大手の衣料メーカーや化粧品メーカーやゲーム機器メーカーまでもが『ガンバルハイ』の類似商品を投入し力を入れてきているというのが実情でもあった。

長い目で見れば、これまでのような成長は期待できず、近い将来には今以上の価格競争に陥るのではないか。曲がり角が見えてきたのかもしれない。野島はそう思った。

　気がつけばグラスの中が氷だけになっている。グラスに残った氷が少し溶けてカタッと音を立てた。今夜はもう一杯だけにしよう……明日がある。

「おかわりください」

野島はバーテンダーに声をかけた。

11 対決

翌日、井村がいつの間にか野島の席の前にやって来ていた。そして一枚の紙を差し出した。

「おっ、これは？」

そこには、『ガンバルハイ』のクライドスター社の総販売数量とウチのクライドスター社への出荷量の推移が示されていた。

「はいご覧のとおりです。クライドスター社のウチへの依存率が徐々に減っていることを示しているのではないかと思われます」

「そうだな〜。手回しがいいね」

「へへへっ、まあ」と言って井村は両肩をすくめて嬉しそうに笑った。

ということは、もう一社のアーガスオーサワにシフトが進んでいるということか。

「これは合田も知っているのか？」

「たぶん分かっているかと」

「そうか。アーガスオーサワは創業社長がパワフルな人で最近ますます勢いがあるし……」

「そうです。ひょっとしたら、もっと広げたいと思っているのかもですね」

「そうは言っても、簡単に生産ラインの増強はできんだろう」

「かといって、クライドスター社も一社に独占させるのはどうかと思っているでしょうし、価格を叩きにくくなりますから」

「そうだろうけど、あの八橋ＣＥＯにすればそんなことはどうでもいいんじゃないかと思う。在任中にコスト削減と利益の極大化を達成することが優先するんだよ。きっと」

「そうですね。それはそうかもしれませんね。そういえば、八橋ＣＥＯの経歴をネットで検索してみたんですけど……」

「まだ着任してそんなに時間が経っていなかったと聞いた」

「ご覧ください」

今度は八橋の経歴が書かれた紙を野島に差し出した。

「へ～、ずいぶんと渡り歩いているんだ」

「ほぼ二年か三年で別の会社に移っているようです。すべて外資の日本法人です」

「直近までに三社の社長さんか……そして今回は業種も変わっている」

タイミングよく転職するもんだと感心する。

「外資ですから。そういうことはありますよ」

「というと？」

「私もマイケルに来る前は外資のＩＴ会社にいました」

「お〜そうだったね。優秀だったんだ」

するとと、井村は「いえいえ」と右手を小刻みに振って謙遜した。

「今でも友人が何人もいます。あるＯＢの人から聞いた話ですけど、最初の一年は前任者の否定、二年目は壮大な事業計画の立案と吹聴だそうです」

「三年目は？」

「ふふ」

一瞬の間をおいた後、いたずらっぽい表情を浮かべながら真っすぐに言葉を投げかけてきた。

「三年目はですね、どうやってでも数字をつくる。そしてそれを成果と実績にして次へ転職すると」

「へ〜それは興味深い」

そういえば野島もそんな話を実際に聞いたことがある。

さらにその転職の斡旋をするのも元同業の外資系出身ＯＢで、そのたびに斡旋フィーを取る。何人かの〝タマ〟を抱えてそれを回していく……お互いに持ちつ持たれつにしていると。

「まあ、これは極端な例でしょうし、さすがに最近は少なくなっているでしょうけど」

「それがこの八橋氏にも当てはまると？」

「言いがかりみたいな話になってしまったので、ここまでの話ということで……」

「ははは、分かった、分かった。でも彼に関しては当てはまるかもしれないな。普通は今回のようなことで全部解約までは言い出さないよ」

気がつくと野島のデスクから離れた所を通る合田の姿が見えた。

「お～い、合田君」

野島が声をあげたので合田が立ち止まって野島に近づいてきた。

「はい、ご用でしょうか」

「君は、アーガスオーサワに伝手はあるか？」

「えっどうされたのですか」

突然の問いかけに合田は素っ頓狂に応えた。

「いや、単純に、あるか？と」

「それはあります、あそこの副社長とは面識はあります。社長の甥です。次期社長と噂されていましてね。何回か一緒に食事をしたこともあります」

「そうか。会いに行きたい」

「分かりました。でも、なんで？」

合田にはまだ合点がいかない。

「いいんだ。向こうと意見交換ということで。新しい本部長として私からご挨拶しておくに越したことはないだろう。まだお目にかかっていないしね」

「それはそうですね。いつにしますか」

「できるだけ早いほうがいい。今週中とか」

野島が軽くウインクの仕草を見せた。

「あっ、今回の一件と関連ありですね」

合田の想像が追い付いたのかフ〜ンという顔で頷いた。


野島と合田の姿がクライドスター社の社長応接室にあった。前回ここを訪れてから一週間が経っている。

今回もしばらく待たされてようやく八橋ＣＥＯと細身の男が現れた。

二人はニコリともしていないが、それに対して野島はあえて少し大袈裟なくらいな笑顔で挨拶をした。

「八橋ＣＥＯ、先週はお忙しいところありがとうございました」

八橋が野島たちに座るよう促しながら自分もソファに座った。

「それでどうなりました」

「え〜あの件は、あまりにもご無体なお話でして……」

「……」

「キタハラとマイケルは別会社ですし、それぞれに上場もしている会社ですから……投資を取り消すことはなかなか難しいところです」

「えっゼロ回答ですか？　誠意を見せてほしかったな～何らかの……それがこれですか」

「はい。まあ……」

「私の立場もあります。ＵＳ本社への……」

「そこをなんとかＣＥＯのお力で」

「なんだ～親会社の経営企画室長さんだった方というから期待していたんですけど……ね。マイケルさんとの取引は考えなくてはならないことになります」

「そんな～ご勘弁ください」

ちょうど通りを走る救急車のサイレンが窓の外から聞こえてきた。

その音が遠ざかるのを待っていたかのように八橋が口を開いた。

「野島さん、私どもが一方的に悪いみたいな目で見ないでくださいよ」

そう言ってプイと目を逸らそうとしたその時、野島が突然ドバっとフロアに降り、手のひらを地につけ額が地につくまで伏せる姿勢になった。土下座だ。

とっさのことで合田は何が起こったのかと唖然としたが、すぐにわれに返り慌てて見よう見まねで同じ姿勢をとった。

「な、な、なんと。そんな日本的なことをされても駄目ですよ」

驚く八橋。だが、野島はその姿勢を保ったままだ。

八橋の隣の細身の男はＰＣのキーボードへの入力の手を止め、茫然《ぼうぜん》と見入っているだけだ。

数十秒は経っただろうか。

「こ、これはわれわれの決定事項ですからね」

八橋の上ずった声が響いた。

それを聞いた野島が勢いよく顔を上げる。口角を思い切り下げ顔つきを一変させていた。

「分かりました。弊社の製品供給でご迷惑をお掛けするのは忍びない。ですので、私どもとしては供給を続けていくことを止めます！　契約解除通告をいただいたと承知します」

両ひざに手を乗せたまま、ここが勝負とばかりの勢いをつけて言い切った。

あっと驚く八橋、その八橋からすぐに言葉が出ないことを確認した野島は大袈裟に作り笑いを見せる。そしてほんの少しだけソフトだが十二分にドスが利いて威圧的な声を出した。

「しかし、クライドスターさんとしても急に私どもが供給を停止してはお困りになるでしょう？」

ゆっくりと、あえてゆっくりとソファに戻った。それを見た合田も慌ててソファに戻る。

「い、い、いやそんなことはない」

慌てている、そう言いながらも声が震えている。この手のタイプには一気に追撃するに限る。

「本当に大丈夫、ですか～？」

ゆっくりと睥睨《へいげい》するように八橋に視線を向けながらソファの背もたれに寄りかかった。

こうなると攻守逆転。すでに野島のペースになっている。

「とはいえ、準備期間が必要ですから一定時間はいただきますが、それ以降は私どもとしては生産もしないし供給もしません。ただし、御社からの一方的な契約解除なので違約金を請求します」

「そ、そこまで思い切らなくても……第一、違約金など払えるか。そ、そもそもお宅が変な投資をしたという背信行為があったからじゃないか」

想定の範囲内の反応だ。

「背信？　え～それは見解の相違ですね。弊社の背信行為ではないと主張します。場合によっては出るところに出ますから」

野島の冴えた攻めが続く。

「そうなれば、こちらもＵＳからの応援も得て対抗することになるが、そんな面倒なことはお互い避けた方が賢明だろう」

またＵＳ本社？　自分では何も決められないのか。こいつはＣＥＯの肩書はあるものの決断力に欠け、押しには滅法弱そうだ。

「では、これまでどおりでよろしいんですね！」

野島はぴしりと言い放ち八橋の目を強く見据えた。

「いや、それは……嫌だ」

顔を真っ赤にした八橋が口を尖らせ首を大きく左右に振った。

「嫌だ～？　それともこれを口実にして値引き要請なんてことはないですよね。あっ失礼しました、それはないか。優越的地位の濫用になりかねない。そんなことは〝大〟クライドスターさんらしくない。コンプライアンス、コンプライアンス。これは最重要だ。なっ合田！」

隣に座る合田は「はいっ！」とタイミングよく応じた。

「そんなことは言っていない！」

八橋の額はすっかり汗ばんでいる。気の小さい奴だ……。

「いやいやこれは失礼しました……はっははは。では、どうでしょう。私どもの生産体制をそっくりそのままもう一社のアーガスオーサワさんに譲渡するというのは」

「えっ！」

またしても虚《きょ》を突かれたのか八橋はスグには返すことができなかった。

明らかに目が泳いでいる。〝下請け出入り業者〟にこう返されるとは思ってもみなかった。どうしていいのか瞬時に判断がつきかねているのだ。きっと心底の難局に遭遇し自らが道を切りひらくという体験もない安直な経歴を過ごしてきたのだろう。典型的な平時型トップであり有事に弱いのだ。

しばらくして、八橋は「どうかな～？」と助け舟を求めるように隣の細身の男の方を向いて問いかけた。明らかに困り果てている。

「それは、アーガスオーサワさん次第ですが、いいソリューションかもしれないですね。マイケルさんさえＯＫとおっしゃるのなら」

細身の男は自分に直接の責任が及ばないと思っているからなのだろう、クールなものである。

「ええ。ウチは構いませんよ。それならば御社からもアーガスオーサワさんに要請してください、当然のことだと思いますが、いいですね！　あっ、当然に合理的な価格で、ですよ。弊社も一応上場しているんで株主への説明責任ってことがあるんですから。御社のことを外に向かって悪く言うことになるのは忍びないですからね～」

野島は事務的に応じるふうをしているがキツイ言い方だ。

「分かった。考える。いや、要請しますよ！」

八橋はそう応じるのがやっと。ポケットからハンカチを取り出して汗を拭った。

「そうですか。あ～りがと～うござ～います」

芝居がかった仕草でいったんは頭を少し下げてから、ぐいっと上げた野島の顔からは作り笑いが八橋に向けられた。

「それでは、その御社からのご要請の結果によって当方も対応しましょう。条件次第では違約金請求も取り下げられるかもしれません。弊社の顧問弁護士ともよく相談してみますが……いかがでしょうか」

これでやめとばかりに重い声で野島は言ってから口をきっと結んだ。

「わ、分かった……」

八橋は口を真一文字に結んだ渋い顔で頷くだけで精いっぱいである。

「ありがとうございます。長時間になっては申し訳ないし、今日はこれにて失礼することにします」

そう言って野島と合田はあえて深々と頭を下げた。

エレベーターまで見送りについてきた八橋は一言も口をきかなかった。黙ったままだ。目論見どおりの展開でなかったのが悔しいのだろう。

しかし、方法はともかくとしてクライドスターとしても結果的には目的は達成できることになるはずだ。八橋は歩きながら「仕方がないか。アーガスオーサワに集中させて少しでもボリュームディスカウントさせれば利益は増えることになる。合理化策を実行したとUS本社に言えるし……これは俺の成果だ！」と思い直すことにした。

エレベーターの扉が閉まると合田が嬉しそうな顔を野島に向けた。

「シッ！　ここは無駄話をするところではない。エレベーターの他の方に失礼じゃないか」

話しかけてきそうになった合田を窘めた。

そうなのだ。エレベーター内の空間も公道と思った方がいい。関係している者が乗っているかもしれない。壁に耳あり障子に目ありの現代版である。盗聴器が付いているというのは考え過ぎだろうが些細なことでも用心に越したことはない。

一階でエレベーターを降り、ビルの外に出てからも黙って歩く。

しばらくしてようやく野島が合田に話しかけた。

「彼らはアーガスオーサワに連絡をとるだろう。君はすぐにアーガスの副社長にコンタクトしてくれ。そして、事業譲渡として話を進めよう。先に表敬訪問をして、それとなく投げかけておいてよかった。彼らは拡大路線まっしぐらだし、先週の感触ではすんなり乗ってくると思う」

「はい」

合田も興奮しているらしく野島の顔を見て軽くガッツポーズをとった。

「こういう場合の譲渡価格は一般的には譲渡資産時価プラス営業権なんだが、利益の二〜三年分を営業権の対価とおけば向こうも手が届く範囲じゃないか。こちらも『ガンバルハイ』の扱いを一つの課にしてあるので進めやすい。村林さん時代からの個別管理・単品管理が結果的に功を奏したということかな」

「はい。それにしてもあの八橋ＣＥＯ、後半はガタガタでしたよ」

「そうだな。ははははは」

「しっかし、本部長がいきなり土下座というのは驚きました」

「交渉には意表を突くことも必要ってことさ」

自分でも芝居がかったことをよくやったなと思う。

が、あんなことはしないに越したことはない。禁じ手の部類に入る。そもそも野島の美学には馴染《なじ》まない。

「そうですか。手慣れた感じだったけどな」

「バカ言え、俺だって正直いえば冷や汗ものだったんだ。初体験だ。上着の中はいまだに湿っている」

苦笑いしながら上着を両手でバタバタとさせるのだが興奮がまだ収まらない。

「いや〜、本部長には参りました。すごい大立ち回りだった〜」

合田は感心しきっている。

「しかしここからが肝心だ。アーガスオーサワにいい条件で売却することがまとまらないと終わらない。お世辞はその時までお預けだ」

「はい！　分かりました！」

合田も入社以来一番の高揚感に包まれていた。

二人の歩幅は自然と広がり、気がつけば歩くスピードも上がっていた。

12 覚悟

佳山はある意味で満足だった。

「よく言うよ」……と野島は内心では思ったが黙って聞いた。

クライドスター社が値下げしろとうるさく言ってきていたことは美馬や井村からも聞いていた。それももう関わらなくて済むことになる。年間の売上が七億円消えるのは痛いと言えば痛いが、マイケル全体が三百三十億規模なので二パーセント程度である。昨年から発売のヒット商品の伸びで吸収できるだろうし、事業譲渡をしたことによっていくばくかのキャッシュも入ってくる。また、株主に対しての説明もつく範囲だろう。

そして、緑川に対するささやかなカードを持ったことになったのは副産物でもある。緑川には後ろめたさがあるはずだからだ。

「午前中の取締役会では、さすがの緑川さんもこの件については発言しなかったな」

「そうですね」

「グループの代表なんだから、投資活動はもう少し考えてやってほしいよ」

佳山はニヤリと笑ってから、テーブルのカップに手を伸ばし残りのコーヒーをゴクリと飲んだ。そしてまたニヤリと笑った。してやったりという心境なのだ。

野島はその佳山の表情を興味深く観察した。

あ〜緑川・佳山のお二人、やっぱり相性悪過ぎだ。まさに犬猿の仲。今の自分にはそういう厄介ごとからは距離を置きたい……。

「あとは何とか本部として新事業の収益化を急ぎます」

吹っ切るように言った。

「うん、そうしてくれ。それにしても、なかなか芽は出て花が咲いても実にならないな」

「キャッシュが入ったことで少し時間の余裕はお願いします。今回、特別益が少し出るはずですのでそれと相殺することで一部の仕掛資産を償却して将来の償却負担を軽くさせてください。よろしいですね」

ここは大事なポイントになる。しっかり念を押しておきたいところだ。

「ああいいよ。ただ、甘えてもらっても困る。とにかく一年で黒字化のめどを付けてもらいたい」

先ほどまでの満足した表情が厳しいものに変わった。

「えっ一年ですか！」

あえてオーバーに驚いてみせた。

「そうだ。それができなければMヘルスケアプロダクツ本部の去就は考えなくてはならないと思っている」

結局、切り捨てられる舟に乗せられたのか……野島は即答したくなかった。

「そもそも、北原英治さんが目を付けて買収した事業だったが早過ぎた。というか、さすがの北原さんもボケてたんじゃないか」

そこまで言われると、野島としては返しようがなくなる。

「じゃあ頼んだから」

佳山の念押しに「分かりました」と答えるしかなかった。

佳山の冷たいプレッシャーを感じる一方で、Mヘルスケアプロダクツ本部での野島の求心力は急上昇した。危機が集団を結束させるということなのだろう。

危機に臨んだときのリーダーの動きは必ず注目される。自分たちを力で服従させ勝者たらんとする者なのか、それとも自分たちにとって役に立つ勇者かどうか……これをじっと見ているのである。さらに言うと、組織を一つの目的と方向性で束ねたいのならまず口で言うよりも行動で示すことである。

「やはり楠木は退職することになりました。村林さんが立ち上げた新事業に加わるそうです」

美馬が野島に頭を下げに来た。神妙だ。

「本部長が直接面談してくださっていたので私からも重ねて説得したのですが……やはり止められませんでした」

「いや、いいさ。それも彼の人生の選択だ。この曲がり角の先には彼にとっての美しい景色が待っているはずなんだよ。ただそれを彼がどのように受け止めるかだけどね。どちらにしても、別れ際は大切にしないと」

「以前、下に辞めたいと言っているのがチラホラいてもう抑えが効かない……なんて失礼なもの言いをしてしまいました」

「あ〜そうだった。あの時は驚いたけど、かえって率直に意思のやり取りができてよかったじゃないか」

「そう思っていただけるのならホッとします」

「で、美馬君は辞めない？」

あえて問いかけをしてみるがここは念押しである。

「いや〜そんな意地悪いわないでくださいよ。あの時の合田も近江も本部長についていきたいと思っているんですから」

「それはありがとう」

「他のメンバーもそう思っていますから」

クライドスター社の一件で野島が大立ち回りをやったことは本部内に知れわたっていた。いやマイケル社内にも広がった。怪我の功名なのだろう、結果的に「再社会化」の洗礼が済んだということなのかもしれない。

「それよりコンテンツ配信の事業はどうだ。ラインナップも増えてきたが契約会員数は？」

「は～。増えてはきているんですけど収益寄与にはもう少しです。この手の事業はある一定の水準を超えると一気に拡大するという性格があるものです」

「分かった。ともかく本部が独り立ちできるようにラインナップの充実と登録数の拡大を急ごう。お偉いさんたちは急かしいし勝手だからな。『ガンバルハイ』の荒療治のことなんかスグに忘れてしまうから」

〈一年以内の黒字化必達……〉とはここでは言えなかった。

「はっははは」野島と美馬が大きな声で笑った。

　美馬が自席に戻ったのを見計らったように井村がコーヒーを持ってきた。

「コーヒーいかがですか？」

コーヒーはフロアにあるサーバーから自分で入れるというのがルールになっている。だから野島も来客とかの場合を除きセルフサービスだ。しかし、井村がコーヒーを入れてくれるときは何かを言いたいときである。

「あっ、ありがとう。いいタイミングだ。気が利くね」

さて、と……。

案の定、井村は一瞬の間を置いてから口を開いた。

「本当は佳山社長からは一刻も早い黒字化とかプレッシャーがあったのではないのですか?」

と言いながらいたずらっぽい笑顔を見せている。

「さすがだね。ここで頑張らないと本部の存亡に関わるってことさ」

「佳山社長は、ああ見えても負けん気も強いし数字にこだわりますから。執念深い方ですし」

「そうか……」

溜息をつきたくなる。

「とにかく今のわれわれとしては頑張るのみだ。これからもよろしく頼むよ」

井村はよく見抜いていたのだ。

ともあれ、美馬や合田、近江そして井村たちが、まとまってくれればこれは心強い。曲がり角を一つ曲がったのだ。四十代半ばにしてここは腹をくくってやるしかないか。

野島は一人で「うん」と呟いて頷いた。自分への鼓舞である。井村もその覚悟を感じ取っていた。

Point

「度量」のリーダーへのポイント②

「ピンチはチャンス！　危機的な状況も、長い目で見れば、事業・会社の将来を見直して新たな決断をするチャンス」

北原英治が、村林の会社を買収しようと閃いたのもこうしたことかもしれない。

「北原英治さんの勘は、年は取っても鋭いものがあるからな……」

最近では大手の衣料メーカーや化粧品メーカーやゲーム機器メーカーまでもが『ガンバルハイ』の類似商品を投入し力を入れてきているというのが実情でもあった。

長い目で見れば、これまでのような成長は期待できず、近い将来には今以上の価格競争に陥るのではないか。曲がり角が見えてきたのかもしれない。野島はそう思った。

〈『ガンバルハイ』をどう扱うか……で悩む場面〉

※本文87ページより

「リーダーは自分で成るというよりもメンバーがつくる」

危機に臨んだときのリーダーの動きは必ず注目される。自分たちを力で服従させ勝者たらんとする者なのか、それとも自分たちにとって役に立つ勇者かどうか……これをじっと見ているのである。さらに言うと、組織を一つの目的と方向性で束ねたいのならまず口で言うよりも行動で示すことである。

〈事業本部のメンバーからの評価が急上昇する場面〉

※本文103ページより

第三章　「もつれ」を見る

13 疾風《しっぷう》に勁草《けいそう》を知る

「クライドスターの一件は大変だったね。あれから一か月近くが経っちゃったけど、今日はその慰労会も兼ねて……ということで」

野島と長谷川の姿がイタリアンの店にあった。

この辺りは喧騒から少し離れた閑静な場所にあり、ゆっくり話すにはちょうどいい。長谷川が野島を誘ったのだ。

「先月の取締役会で佳山社長はご自分の手柄のように言っていたけど本当は君が動いたんだろう?」

「はい、まあ」

野島が照れ臭そうに頭を掻いた。実際のところ佳山からは丸投げだったのだし……。

「そうだろうな。大立ち回りもあってすごかったらしいじゃないか」

長谷川はウエイターから出されたオシボリで手を拭いながら野島の顔をのぞき込んだ。

「いえいえいえ……」

いま思えば無謀だったような気もするし自分からはなんとも言いようがない。

「最初はシャンパンでいかがでしょうか」

いつのまにかテーブルの横にやって来たマネージャーが聞いてきた。

「そうだね。それでいきましょうか。で、その後は赤ワインがいいな」

長谷川は手慣れた答えをした。

「野島君も？　その後は赤でどう？」

「はい」

「銘柄……いやいや、選んでくれるワインをグラスで」

「はい承知しました。お料理はいつものように見繕ってですね」

スマートに応え、その余韻を残しつつもサーッと下がっていく。この頃合いが見事だ。

「ここはリーズナブルでうまいんだ。大人のための遊びと極上を兼ね備えたイタリアンってとこかな。ねっ」

離れた所に立っているマネジャーにも聞こえるように言った。笑顔で「はい」と応じるマネジャーの声が聞こえた。

「銀行時代はちょくちょく来たけど今は時々家族で来る。たまに大学関係者と来ることもある。節目の時とかにね」

「そうでしたか。若い学生と接しているからなのか長谷川さん、若返ってきたんじゃないですか」

「お〜冷やかすなよ。そう、若い人のセンスには教えられることが多い。この仕事に転身してよかったと思っている」

本当にそう思っているのだろう。昔、長谷川が銀行の現役時代にゼミのＯＢ会で会った頃とは顔つきも違っているような気がする。あの頃はもっと尖った印象だった。今はそれとは異なる新鮮な雰囲気だ……野島は黙って笑顔で軽く頷きながら聞いていた。

「そうはいっても、銀行時代のような刺激はないからな〜、ちょっぴり寂しさがないといえば嘘になる」

そう言って前菜として出された真鯛のカルパッチョを口に運んだ。

「で、経営企画室長から専務取締役本部長になってどうだい？　随分違うだろう？」

「それはもう」

まさにそうだ……野島はそう思いながら、唇にはみ出たオリーブオイルをテーブルナプキンで拭った。

「計画づくりは頭で考えれば済むけれど、本部長ともなると考えていることをメンバーに伝え、実際に動いてもらって成果を出さないといけない。そこが全然違うはずだ」

「そうですね。それが関係するのかどうか分かりませんけど、疲れるところが全然違います」

だから面白いということなのだろうと思う。

「そうか。それはいい。はっははは」

「経営企画室の最後の頃は正直言って〝この先もなんとなく見えた〟ような感じがしてきていたんです。まだ四十代半ばで生意気なんですけど」

「う〜ん。分かる気がする」

長谷川が持っていたフォークを置いたと同時に野島は続けた。

「それが、キタハラのグループ会社とはいえ上場会社の役員になった。そして若干難ありの本部を任されて……。なんだか新しい世界に入ったようなそんな気がして楽しいんですよ」

正直言って最初は手探りだったのだが、クライドスターの一件を経てから自信がついてきた感じがするのだ。

「それはよかった。はっきり言って、キタハラの経営企画室長から飛ばされたと見えていた」

「そんな〜それはちょっと……」

野島は内心ではそう思うところがなくもなかったこともあり複雑な気分でもあった。

「いや、すまんすまん。銀行時代の感覚で聞いていたからだよ。まだその頃の常識から抜け切れていないんだな。恐ろしいね。はっはは」
　慌てて取り繕った長谷川の笑いが響いた。
　そうなのだ。銀行はトップを頂点に見事にピラミッド形を描いたような人事になってい
る。五十歳前後から徐々に肩たたきが進みグループ会社や取引先へと転出していく。
　そして、転出先では銀行での最終ポストによって決まった地位とコースが変わることはな
い。あとはある年齢に達するまで銀行の看板を背負って黙々と過ごして終える。それが長谷
川のいた世界での秩序だった。
　しかし、それとは別の道を選ぶことにした。考えてみれば銀行のシステムも悪くないのか
もしれない。それは、五十歳前後で次のことを考える機会を強制的に与えることになるから
だ。捉え方次第ってことだな……長谷川はそんなことを思って笑ったのである。
「しかし、キタハラグループは違う。そんな役所の論理みたいなことでやってきているグ
ループではないよな」
　長谷川は確認を求めるように頷いた。野島も大きく首を縦に振る。
「それに、飛ばされたとか、そうでないとかは周りが決めることじゃないと思う。本人の考
えの持ち方次第ってことさ」
「なるほど～。それでもキタハラから転勤するにあたって、社内の目はコロッと変わりまし
た。左遷だと思って手のひらを返すような態度の奴もいたな～。反対に単純に〝専務取締役

に就任〟ということで励ましてくれる奴……がいたり」

経済振興省のキャリア官僚から天下りのような形でキタハラに入ってきた監査役の顔を思い出した。野島が転勤の挨拶をしにいくと「栄転おめでとう。あっ、そうでもないか……」冷たい含み笑いとともに嫌みのある言い方をされたのだ。

「こいつは飛ばされたんだ。もう出世する奴じゃないんだ」と露骨に見下したような顔をされたのである。あの時はさすがにムッときた。

「いろいろいるさ。仮に左遷だったとしてだよ、そういう時に人の真価が分かるってものさ。〝疾風《しっぷう》に勁草《けいそう》を知る〟って言うからね」

「疾風に勁草?」

オウム返しに言葉をなぞった。

「ああ。激しい風が吹いて初めて丈夫な草が見分けられる。困難に遭って初めてその人間の本当の価値、本当の強さが分かるということ、周りも自分も」

そこまで言うと長谷川は手元のワイングラスに手を伸ばした。

「なるほど〜そうですね。確かによく分かる」

「停滞とか逆風があるからこそ次のステップに行けるってことかもしれないよ。さあ、野島君の新しいステップに改めて乾杯だ」

「ありがとうございます」

二人はウエイターが注いでくれたワインの入ったグラスを軽く掲げた。そして香りを確認しワインを一口だけ口に含む。タンニンのほのかな渋味が心地よく舌を包んでいく。うまい。運ばれてきたメインの料理も楽しめそうだ。

同窓・同ゼミというのは年が離れていても話が通じやすいところがある。ゼミOBのこと、恩師のこと……話が盛り上がっていった。

ワインも回って心地良くなってきた頃、長谷川が話題を変えた。

「ところでさ……長尾有里さんって知ってるかい？」

「長尾有里さん？　女性？」

「そうだ。北原次世代振興財団の専務理事をやっているようだけど」

「北原次世代振興財団？」

え～誰だっけ？　野島は頭の中のファイルをひもといた。

経営企画室長をやっていたので、グループ会社のたいていの幹部クラスの名前は頭に入っているはずなのだがやはり顔が出てこない。キタハラの創業者が創設した財団とはいうものの野島自身はあまり接点がなかった。

「あ～お名前は存じ上げていますが、その方がなにか？」

「うん、先週だったかキタハラグループのホームページを見ていて北原次世代振興財団の存在を知った。興味を持ってサイトを見ていたら理事名簿に聞いたことがある名前を見つけた」

そこまで言って長谷川は野島の顔を見た。

「大学のテニス同好会のOB会で会ったことがあって、どうやらその人物らしい」

「へ〜奇遇ですね。ということは同窓ですよね。学年は？」

「確か〜OB会名簿では、君と同年じゃないか。学部は違ったはずだけど。法学部かな」

「そうですか。じゃどこかですれ違っていたかもですね」

「機会があれば会ってみたらいい。何かの縁だ」

「それは面白いですね」

直接仕事に関係が薄いとか関心がない分野の雑談はその内容を忘れてしまうものだが、「財団」「長尾有里」……どういうわけか野島の記憶に残った。

14 不満と苛立ち

そこから半年余りの時間が経っていた。

キタハラは既存の事業は安定的なのだが、成長性の面でいまひとつの状態が続いている。先日の投資家向けＩＲ説明会では、出席したアナリストから次の成長戦略についての鋭い質問が寄せられ、社長の緑川が曖昧な回答でごまかすという場面があった。グループのシナジーがいまひとつ効いていないのではないかというのである。株価にも少なからず影響が出てきていた。緑川はプライドが傷つけられたのか気持ちの晴れない日が続いていた。

「なかなか事業変革が進まね〜な〜」

緑川は大きな執務机の前に経営企画室長の谷藤和夫を立たせ、自分は椅子の背と肘掛けにどっぷりと体を預けたままで嘆いた。

「いつまでも同じような製品ばかりじゃなくて、それをもっと活用したものを作っていきたいよな」

谷藤は緑川から叱責された昔の場面が頭をよぎり、どう答えようかと必死だ。

二人がかつて在籍していた商社はいわゆる体育会系のノリの社風で上下の関係が厳しく、当時は当たり前の光景であった。

「家庭用化学品では安定した地位にはいるが、いつまでもこれだけでは伸びが足りない。便利さを超えた体験というか、もっとサービスを加味したものを育てていかなくてはいかん。違うか？」

「はっ」

谷藤和夫は緑川が前職の商社にいた時にかわいがっていた元部下だった。

ある取引で失敗して海外のひどい僻地への異動内示を受けて迷っていた。四十の大台を目前にして「もう厄年の兆候か……」と思っていたちょうどそのタイミングで緑川からの誘いがあり、渡りに船と転職することにしたのである。そしていきなり野島の後釜の経営企画室長に就いた。しかも執行役員でのスカウトだ。

これには周りも驚いたが、最近の緑川は同じように「えっ」と思われるようなスカウトを何件か続けていた。誰も表立っては異議を言わない。いや言えないのだ。

「谷藤。オマエはなんで自分の意見を言わないんだ。オレが言うことに反論もしたことがないな。商社時代からいつもだ」

「いやっ、あの……」

谷藤は困惑した表情を浮かべるだけで言葉が出ない。

「あ〜もういい。それより来週の宴席はオマエも同席だったな。また頼むよ。今のオマエの最大の武器だ」

露骨にバカにした言い方だ。

「はっ、承知しました」

やっと返事をするが心なしか嬉しい。お役に立てる……と。

「前回は面白かった。今回はもっとな」

ニヤついた顔で緑川が谷藤の顔を見詰めた。

「はいっ」

谷藤の内心はすでに宴席のことに移っている。

隠し芸を何にするか……。

今どきそんなものが然したる役に立つはずもないのだが、谷藤の一発芸で宴席が盛り上がることは事実だった。そこまでやるか……と出席者から拍手喝采となる。仕事も放り出して実に緻密かつ真面目に事前練習をしてから宴席に臨むという念の入れようである。

悩んでいるタイミングで緑川にスカウトしてもらった。そしていきなり要職に就いたのだから期待に応えたいと思うのは不思議ではない。

しかし、拍手喝采とはいえ軽蔑のまなざしも浴びるなかで一発芸をやるのは正直なところはキツイ。「オレだってバカじゃない」……内心の葛藤を押さえながら早く仕事で認められたいと密かに思っていた。

そんな谷藤を見透かしたように緑川が問いかける。

「それにしてもだな、マイケルはもっと伸びていいのではないか？　佳山もグループの社長会には毎回出てくるしオレもマイケルの取締役について一年になる。グループの一体性が必要なんだ。佳山はグループ方針を理解しているんだろう？　オマエに聞いても無理か……」

「はっ？」

いきなり「マイケル」のことを問われた谷藤はどう答えようか迷った。

実際のところ、キタハラのグループ会社にもかかわらず事業の繋がりが少なすぎる。

「単に連結決算上の数字だけの関係と言っても過言ではない」……さすがの谷藤も気がつい

ていた。かといって、どうすればいいのかまでは考えが及ばない。

さてと……。

「え～、関連会社とはいえ上場している会社ですし、ある程度の独自性は……」

「なに？」

緑川の厳しい視線が向けられたので谷藤は思わず背中を丸めた。

「いえ……」

「まあ、今日はもういい。経営企画室長になって半年以上になるんだから考えろ。しかも執行役員さまなんだぞ。まだ前の会社にいたら、今頃はどこか治安の悪い国のうら寂れた町を這いずり回っていたんじゃないか」

顎を上げ目を細めながら谷藤を見た。

あ～見下し視線。ここから早く消えたい。が、いまさら辞めても食っていけないし……。

谷藤は軽く会釈をして足早に社長室を退室した。

扉の閉まる音を確認すると、緑川は座ったままで椅子を窓の方に回転させ日没前の赤い空を臨んだ。今日はその色がいつもより真っ赤で燃えるような夕焼けだ。

「さて、どうするか……」

緑川の胸の内には闘志がメラメラと湧いていた。

15　対立の場

マイケルの取締役会はマイケル本社ビルの大会議室で開かれる。

通常は型どおりの報告と何件かの形式的な承認決議だけなのでシャンシャンと進み五～六十分ほどで終了する。しかし四月度の定例取締役会が開かれたこの日は少し様子が違っていた。

「以上で、本日の予定されていた報告と議案はすべて終えました。この他に取締役各位から追加での議案やご意見がありますか」

佳山が手慣れた様子で出席者を見回してから淡々と議長席から呼びかけた。

取締役たちと監査役たちはそれぞれに軽く頷く。この時間をどれだけで収めるか……は難しい。長過ぎず短過ぎずタイミングを見計らうところは議長役を務める社長として気を遣う。

佳山が安堵の表情になり「では、これで……」と言いかけたところで「ちょっと！」と大きな声が部屋に響いた。

会議室の末席から聞こえた声の主に出席者の視線は一斉に集まる。緑川の声だ。

佳山は緊張した。それまで腕組みをして黙っていた緑川が腕を解き大きなラウンドテーブルに手を置いて発言しようとしている。

「いやね、追加の議案ってわけじゃないんですけど……いいですか？　佳山社長」

佳山の顔が引きつった。

変な緊急動議でも出されるんじゃないかと身構えているのが野島にも分かった。

「緑川取締役、なんでしょうか？」

緑川は出席者の顔を見回した。まるで「オレは親会社の社長なんだぞ」と、その威厳を示そうとしているようだ。

「今月は期末月でもあるし、この機会にと思って」

「はい、どうぞ」

恐る恐るだが、議長である佳山としてはこう言わざるを得ない。

「え〜なんというか、現状の業績、これでいいんですかね〜」

緑川がカマをかけるように投げかけた。

「とおっしゃいますと」

佳山の眉間には皺が寄って目が細められ厳しい表情が浮かんだ。

「いや、確かに増収増益ですよ。でもね、微々たるもんだ。以前に比べると成長率は明らかに鈍化している。株価は正直ですよ。もっといけるんじゃないんですか？　やり方次第ですかな〜」

言い終えると背もたれに寄りかかり頭をヘッドレストに預け、スグに顔を佳山の座るテーブル中央に向けた。少しだけ口を開けたままだ。

「いやっ、それは……今期は空振りした商品があったりして当てが外れたものがあったからだと見ております。それに暖冬ということもあって例年よりもアゲインストなところはやむを得ないかと」

そんな佳山の言い訳に追い打ちをかけるように緑川は続けた。

「それは前々回も聞いた。先ほども聞きました。少しまとめてお話しさせてもらいますとね……いいですか、佳山社長？」

「はい」佳山は頷いた。

「まず、売上成長率が低下している」

佳山が反論しそうになったので、緑川はそれを手で制し話を続けた。

「量販店などからの価格圧力と同業者との価格競争は承知の上だ。その中でアイデア商品を次々と素早く出していくというのがウチの強みですよね？　なのに、その新商品投入力というか展開力が落ちてきているのではないか。例えば、〝売上の五十パーセント以上を発売三年以内の新商品で占める〟が目標だったのに、直近では三十パーセント台後半に落ちている。安定して稼げる健康食品に安住しているのではないか。株式市場は正直ですよ、マイケルの株価はここ一年でじりじりと下落している」

「それは……」

「何らかの形で将来的な成長戦略を本気で検討しなければならないと思うんですよ。四半期ごとの経営報告会でも何回か指摘しましたよね」

「……」

「キタハラのグループ経営に占めるマイケルの数字は小さくないんです。だから、グループの代表者でもある私としては困るので……」

余裕の態勢という感じで攻めてくる。こういうネチネチとした攻めは緑川の得意技だ。以前は自分がやられていたのだから野島にはそれがよく分かる。

「いや、キタハラ化成の代表取締役社長としてのご意見は分かりましたが、ここでは緑川さんはマイケルの取締役でいらっしゃるのですから……」

明らかに佳山は防戦姿勢になっている。他の取締役と監査役は二人の発言のたびにテニスの試合を見る観客のように一斉に首を右に左にして聴くだけだ。

「いやいや、それは分かっていますよ。でもね、グループの一員として考えるというのも必要なんじゃないですか。キタハラはマイケルの大株主なんですから」

「それはそうです。ですが、キタハラだけでなく他にも株主さんはいるわけでして、株主平等の原則ということもあります。大株主とはいえキタハラだけを見ているわけにもいかないでしょう」

株主平等の原則……そうだ、佳山が上場にこだわるのもこれだ。これがあるから、必ずしも親会社であるキタハラの言いなりにはならないのだ。ましてや緑川の言いなりには。

「それも分かります。れっきとした上場会社ですから。公的な存在だ。しかしなあ……」

「ではどうすればいいとおっしゃるのでしょうか？」

突き放した。

佳山は右手の人差し指と中指をテーブルに小刻みに打ち付けている。イライラが伝わる。

そのイライラに追い打ちをかけるように緑川が続けた。

「そうだな〜これ、前からも言ってきたんですけどね、キタハラ本体との協業というか連動した仕事というのはいろいろあると思いますよ。現時点ではキタハラとマイケルの直接的取引は、売上高ベースで数パーセントもない」

「どちらかが下請け的になるといった関係はどうかな……特定の株主への利益供与みたいにとられるのも問題でしょ……」

佳山が厳しい言い方になってきたのを見てなのか、緑川は大きく右手を振り、あえて満面の作り笑いをする。

いやいやいや……。

出た、必殺の緑川流笑顔。これがくせ者だ……野島は思って首をすくめた。

「いや佳山社長、私、そんなことは言っていないですよ。役割というか……そういうことかな」

緑川が言い切って少し間が開いた。

すると佳山は苦しまぎれに長谷川に助け舟を求めた。ここは社外取締役の出番だと……。

「どう思われますか。長谷川取締役？」

長谷川はどう答えたらよいものか迷った。

「いや〜事業の各論までは私の立場ではなんとも言いようがないのですけれど、下請け、元請けのような関係を広げていくというのは会計的にもどうかと思いますが、それぞれにいいところを持った立派な事業体ですからそれは尊重しつつ、何らかの協業は検討課題としてあり得るとは思いますが……」

当たり障りない。が、ここはソツなく無難に返すしかないだろう。

これを援軍と見たのか、我田引水か、緑川はわが意を得たとばかりに大袈裟に頷いた。

「ほら、長谷川先生もそうおっしゃっているじゃないですか」

「はい、分かりました。ともかく、来期の事業計画策定にあたっての検討課題とさせていただこうと思います。参考になる貴重なご指摘ありがとうございます」

結論が出るものでもないだろうし、何とかこの場は幕引きを図ろう。投げやりだが大きめの声で言い切った。

「それでは、これにて本日の取締役会は終了といたします。ありがとうございました」

やっと佳山は終了を宣言した。

しかし、緑川はわれ関せず。

「佳山社長、頼みますよ。別途ウチ、いや、キタハラのスタッフにも改めて説明してやってください。お尻を決めないというわけにもいかないから……今週中に」

「いやそれはきつい。せめてあと一週間は」

佳山が悲鳴のような声を出し泣きそうな顔をした。

トップともなると感情表現も大切だ。ときには芝居がかったようなことも必要となる。

「分かりました。一週間後ね。あっ、そうだ経営企画室長だった野島専務もここにいるじゃないですか。どうです？　こちらに来て時間も経ったよな」

今度は野島に矛先が向けられた。

えっ、ここで当てられるのか……と野島は焦った。

「そうですね、いずれにしろチャレンジしていくことは大切ですから……」

佳山が睨んでいるのを強く感じ、野島もテキトーな発言でお茶を濁した。

これを聞いた緑川は「ふん」と一瞬だけ不敵な笑いを残し「まあ、よろしくお願いしますよ。じゃあ」と言っておもむろに席を離れて扉に向かう。両手をズボンのポケットに突っ込みながら心持ち前かがみでゆっくりとした足取りだ。扉から出る直前、昔の大物政治家の名物スタイルよろしく「よっ！」と軽く右手を上げてから出ていった。

マイケルの企画部員と総務部員が緑川を見送るため慌ててエレベーターまで後を追いかけた。

16 常勤取締役たちのぼやき

緑川が一足先に退出し残された面々は放心状態に包まれたが、それを吹っ切るようにまず三人の監査役が退出の準備を始めた。取締役の長谷川もそれに続いたが何かを伝えたかったようだ。扉の手前でほんの一瞬だけ視線を野島に向け、会釈とも取れる軽い頷きをしてから退出した。

残った佳山、横田、高阪、猪又の四人の常勤取締役は席を立とうとしない。野島はどうしたものかと迷ったが流れに任せ残ることにした。常勤取締役なんだし……。

「どうしろと?」

常務の横田が憤慨した様子で佳山に聞いた。

「さっさと持ち株を売却してくれていればよかったんだよ」

疲れたのか佳山は膝を突き出すような姿勢だ。両腕を肘掛けにだら~んと掛けている。辛うじて座っているという感じだ。

「下手に協業してもやり方によっては決算時に調整しなくてはならないこともありまし……」

続いて高阪が経理担当取締役らしい視点から追従した。

そして、それまで黙っていた猪又が佳山の視線を感じてボソッと口を開いた。

「私は、大阪駐在ですし、そのあたりのことは分かりません」

どう言っていいのか、どういう立ち位置をとればいいのか迷っているのだろう。

猪又自身は周りからの評判も悪くなく、営業成績も上げていたことは事実だが、役員になること自体を目的とするといった生き方ではない。ただ納得のいく仕事がしたいだけ。引き立ててくれた佳山から言われて取締役に就任した。正直言って社内政治みたいなことは面倒……内心ではそう思っている。

そんな猪又は佳山からみれば仕事はできるし〝人畜無害〟ということで好都合なのだろう。

「今のマイケルのやり方のどこが気に入らないのか。連結業績への貢献は大きかったし、株価的にも上昇し続けてきてグループの資産の拡大にも貢献できているよな」

佳山が確認するように呟くと高阪がすぐに続けた。

「そうですよ。だいたい、つぶれかけていたマイケルに派遣されて、ここまで成長させてきたのは、われわれなんだから。いやっ、もとい、佳山社長の下のわれわれです」

そうだそうだと言わんばかりに頷いていた横田だったが、今度はとばかりに野島に発言を促した。

「野島専務はどう思いますか。今はウチの常勤で専務取締役だけど前はキタハラの経営企画室長だったんだし」

「はい、おっしゃるとおり、グループ全体の業績への貢献は少なくありません」

横田の問いかけに野島が応えた。

「そうだろう～」

「ですが、緑川社長としてはもっと大きな成長を求めているように思います」

これを聞いて、だら～んと座っていた佳山が座り直して野島を見詰めた。

「君が経営企画室長だった頃からそういう認識かな」

目つきが冷たい。やはりこいつは緑川の回し者か……と疑いの視線を感じる。

「毎期の決算の数字というものは変動はあるものだと思いますし、成長してはきている。ただ……」

「ただ……なんだい？」

ちょっとキツイ視線に変わった。

「はい、これまでとは違った新しい成長シナリオを求めているんじゃないかと……」

「〝新しい成長〟シナリオ？」

隣にいた高阪の声が少し裏返ったが野島は構わずに続けた。

「これまでのやり方をそのまま延長して二倍三倍へと持っていけますか？」

ちょっと意地悪なことを言ってしまった……。

「そりゃ頑張るだけだろう」

佳山はムッとして吐き捨てるように言った。

「もちろん、コストも見直しますよ」

見かねて傍から高阪が補足した。いかにも腰巾着の様相である。

「そうなんですけど、それだけでなく……」

野島がそう言いかけると今度は横田が口を挟んできた。

「ともかく、親会社面を大きくされてもね〜。こっちはこっちで上場会社としてやっているんだ。トイレタリー・パーソナルケア業界ではユニークな地位を確保できていると思うけど」

「そうですね」

「生活の身の回りで求められるアイデア商品を次々と開発していく力はなかなかのものだと自負できる」

気に障って黙っている佳山の顔をちらちらと見ながら横田が言い切った。佳山は口を少し尖らせたままだ。

「CMもたくさん打ってますしね。でもアイデアが出続けてそれが尽きない内はいいんですけど、下手すると粗製乱造に陥って……あっ、ちょっと言い過ぎました。でももっと基盤的というか、これからすぐ先の将来には注目されるといわれるサブスク的なビジネスモデルというか……。キタハラ本体も食品梱包材や台所用品を作っていますので、そのタイアップとか……そんなことも検討してみるのはいかがでしょう……。向こうも幅を広げたがっていますから」

これは自分が経営企画室長時代にも本当に思っていた。しかし、ちょっと口が過ぎたかもしれない……。

「分かった、分かった。でも緑川さんと手を携えてというのはな……。あの人はなんだかよく分からんのだよ。下手に手を突っ込まれてグチャグチャにされても困る。こっちはこっちで頑張るんだからそっとしておいてほしいね。連結業績に貢献というのなら稼げばいいんだろ。一番いいのは持ち株を手放してくれればいいんだがね」

佳山が面倒くさそうに眉間に皺を寄せながら言ってから髪の毛を右手でかき上げた。

そうですね……野島はそう言うしかなかった。

佳山が言いたいことも分からないではない。上場会社だということから独立性を重視したいというのなら、そのやり方はあるはずだ。例えば、両社で合弁会社を作ってそこで展開するとか……。野島は言葉が喉まで出かかったが飲み込んでおこうと思った。

「まっ、野島さんはね、Mヘルスケアプロダクツ本部の収益化をまずは急いでよ。今のままでは足を引っ張ったままだし……社長としての責任にもなる。キタハラから文句を言われないようにしておきたいからね」

結局そこか。

野島は「はい」と言うのも面倒になり黙って軽く頷くだけにした。

17 犬猿の仲

翌日の昼休み。

この日のランチは次の予定の関係もあり近所の仕出し弁当屋から弁当を買ってきて自分のデスクで食べることにした。

プリプリの海老、イカと豚肉とシャキシャキのモヤシと野菜に中華餡をかけた中華丼BOXでまだ温かさが残っている。白いご飯とよく合ってうまそうだ。〈職場のランチタイム〉とでも銘打ったTV番組のロケでも来たとしたら、どんなふうに紹介されるのだろうか……。そんなたわいないことが浮かんできて一人で自然と笑みが浮かんだ。

するとと井村が気を利かせたのかお茶をサーバーから持ってきてくれた。

「ありがとう」

そのとき、野島のスマホが鳴動した……え~今かよ。

画面に大きく出た着信画面を確認すると画面を上にスワイプして応答した。電話の主は長谷川だった。

「はい。野島です」

「あ~長谷川です。今、大丈夫？」

トホッ、今から食べるところなんですけど……。

「いえっ、大丈夫ですよ」

とっさにそう答えた。まだ口の中には何も入っていなかったのでキチンと話せる。

「昨日のさ、昨日の役員会はちょっと面白かったな」

突拍子もないことを言い出した。

「は～そんな興味本位で……」

「佳山社長と緑川さんって相性、かなり悪いんだね」

笑いながら長谷川は続けた。

「えっ」

「いや、すまん、すまん」

「終了間際のやりとりですよね」

たしかに……あれはいまだに気にはなっている。

「お互いに上場している会社だからな～。場合によっては競業取引とか利益相反取引といったことも考えなくてはいけないだろうしね。あっ一般論だよ」

「そうですね。でも、だからといって過半数超とか百パーセント化とまではキタハラ側ではやらないですよ。マイケルへの資本参加の経緯もあるし、そうなれば追加資金も必要です」

チラッと井村が野島を見たのを感じた。

そして次の瞬間、何事もなかったように井村が机の上のＰＣ画面に視線を戻したのを確認してから野島は長谷川との会話にふたたび意識を戻した。

「そうかもしれないね。でも野島君、これは尾を引くような気がする」

「は〜」

周りの耳に気を遣いスマホに手を当てて話すようにしたが無駄なことである。すぐ近くの井村が聞き耳を立てていることを感じる。

「君もしっかり軸を持っておかないと巻き添えを食うなんてことにならんとも限らない……」

「そうですね。ありがとうございます」

「電話ではナンだから、じゃこれで。またな」

「はい、引き続きよろしくお願いします」

「うん。いやこちらこそ、では」

と言って電話を切った。

長谷川は何を言いたかったのだろう。彼の経験から感じるのだろうが、面倒なことにならなければいいのだが。

あっ、せっかくの中華丼ＢＯＸが冷めちゃったよ……。

野島が食べ終わるのを見計らって井村がコーヒーをサーバーから入れて持ってきた。

「おっ気が利くね。ありがとう。どういう風の吹き回しかな」

こうやって井村がわざわざコーヒーを入れて持ってきてくれるときは彼女が野島に何か言いたいとか聞きたいことがあるときだ。分かりやすい。

「いえっ特に……。取締役会、いろいろあったらしいですね」

「えっ、もう噂が広がっているの？」

「企画部にいる某から聞きました」

「某？」

「えっまあ、某さんです」

某さん？　それにしても噂というのはすごいスピードで広がるものだ。

「いやたいしたことないさ。真剣な議論がされるってことで、結構なことじゃないか」

「佳山社長って緑川社長のことお嫌いなんですよね」

「いやっ、そういうことは……」

ストレートにくるね。

「いいんですよ。私、企画部にいた頃に何回か役員同行でしたけど佳山社長のお部屋に行ったことがあるんです。愚痴っていらっしゃるところに遭遇していますから」

井村は自分で自分に頷きながら「私は知ってます」とアピールをした。

「へ〜そうなんだ」

「緑川社長も、佳山社長のことお嫌いなんでしょうから……。なかなか男の世界って大変ですよね」

ツーンとしたクールな顔で野島を見詰めてから口元を緩めた。

「いや、まあそういうことかな。よく見てるね」

そう返事をしながら少し怖い感じがした。

頭の回転が早い女性なので「今はこれをすべきではない」「今こうすることが得になるはずだ」ということを判断するのも瞬時にできてしまうのだろう。かといって単に頭がいいだけではなく賢いのだ。味方としては心強いが敵にしてはいけない……井村の顔を見ていてそんなことを思った。

「でも、今の佳山社長はキタハラグループのトップになりたいとかじゃなくて、このマイケルを自分の〝城〟と思っていらっしゃるんですよ。余計な介入は嫌だと」

それはそうなのかもしれないと自分も思う。こっちに来て佳山に接してみて初めて感じたことだ。つぶれる寸前の会社を任されて八年間。再建させここまでやってきたとなれば、わが子同然、かわいいと思うのは当然だろう。

「そうは言ってもね……株主は〈あしながおじさん〉じゃないからな」

「あしながおじさん？ですか？」

井村が首を右にかしげると左の眉が少しだけピクッと動いた。

「そう、あしながおじさん。そっと遠くで見守り確実に手助けしてくれて心の支えになってくれる人。要はカネは出すが口は出さない」

「あ～そうか」

いかにも合点がいったというように井村は左の手のひらに右拳を軽くポンとあてた。

「でも資本の論理というのは厳然とある。カネは出すが口は出さない……は難しい」

「だったら佳山社長ももう少しやり方というか……」

そうなのだ。佳山も緑川も双方の意地が前に出て過ぎているのだ。その動機もどうも……。

「業績が伸びていれば取りあえずは文句も言われないだろう。でもね、業績が付いてくれば付いてきたで、またいろいろ出てくるのだろうさ。それにしても緑川さんももう少しうまくやれればいいのに……まっ、権力を持つ者同士は難しい」

それはそうだ。二人そろって笑った。

「ところで、北原次世代振興財団の活動のことは知ってる？」

唐突だったが笑っているうちになぜか野島の頭に浮かんだ。以前、長谷川から聞いたことが頭に残っていたのだ。

「えっ、北原財団？　あっ、知ってます。企画部にいる頃、佳山社長が何回かその集まりに出ていらっしゃいました。私自身はよく知りませんけど」

そう言い終えるや否や井村は自分のデスクからスマホを持ってきて検索を始めた。

じ～っとスマホを凝視する。

「へ～いろいろやっているんですね。セミナーとか奨学金活動や寄付活動とか」

北原次世代振興財団は、創業家出身の初代社長である北原全一郎の提唱で設立された。創業者として財を成したものを少しでも社会に還元したいという趣旨で次世代の人材育成に資する活動を行っている。今はその実弟で二代目社長であった北原英治が理事長に専念している。そして、そこの専務理事として長尾有里の名前があった。

「あっ、少年サッカーチームも主宰しているんだ～素晴らしいですね」

あいかわらず井村はスマホから目を離さないままだ。

「いや、私もキタハラの経営企画室にいた頃に名前は聞いていた。でも、事業への接点があまりないので接触の機会はなかったな～」

「そうですか。で、それがどうされました？」

ようやくスマホから目を離した井村は野島へ視線を戻した。

「いや、先日ある人から北原財団って君のところのグループだろう？って聞かれたことがあってさ」

「そうでしたか」……そう言いながら井村はまたスマホに目を戻した。

「それで改めて気になったということでね」

野島の声をよそにスマホの画面上を井村の細い指が軽やかに動く。上下にフリックしたりスワイプしたり親指と人差し指でピンチしたり……軽やかだ。

「本部長、一度その財団主催のイベントに参加されてみたらどうですか？　あっ、来月パネルディスカッションがあるようですよ。今からでも大丈夫みたい」

どれどれ……と野島もデスクのPCで検索してみる。

「お～これか」

「なにかヒントがあるかもしれませんよ」

「そうだな。ああいう場所に出てみるとその場の刺激で閃くこともあるってものだろうから行ってみるよ。せっかくだ、予定に入れといてくれ」

「はい、なにか出会いがありますよ。きっと」

井村の明るい笑顔が返ってきた。野島もそんな気がした。

18　セルかホールドか

緑川の専用応接室からは港が見える。

青い海に浮かぶ貨物船や艀《はしけ》を見ていると気持ちが晴れやかになっていくようで心地良い。

角部屋で眺めもよく広めに設えたということもあってお気に入りの部屋である。

「貴社の持つマイケル株を売却しませんか。全株です」

緑川は経営企画室長の谷藤と共に片岡修平の訪問を受けていた。

「売却？　そんな藪から棒な」

「いやね、数字的には連結業績への貢献は大きいかもしれませんがシナジーというんですか、そういうのがあまり外から感じられないんですよね。それよりキャッシュ化して次の展開をお考えになった方が戦略的かと」

片岡修平は日系の大手証券から外資系証券に転じその投資銀行部門のマネージングディレクターである。マネージングディレクターとは外資系の証券会社とかコンサルティングファームなどにおいては従業員格として最も上位にくる役職で一般的な日系企業における「部長格・執行役員格」と同クラスになる。

緑川が商社にいた頃に扱った案件を担当したことがあり、その縁を口実に緑川のところに時折顔を見せにきていた。要するに〝外交〟という営業活動で獲物探しだ。切れ味のいい話し方でスカッとした雰囲気ということもあって緑川は特段の案件がなくてもアポイントに応じていた。

「そんな〜ことはないよ。はっはっは」

緑川は大袈裟に否定した。

「何年か前に一度、売却を検討されたという噂を聞いたことがあります」

緑川の表情が少し硬くなった。

反対に片岡は「やはりね」と言いたそうに口元を緩める。

「いや、実は佳山社長にも以前、お目にかかったことがありまして、その時にお話をうかがったことがあるんですよ」

「え、片岡さんは佳山社長と面識あるんだ」

なんだ、こいつ……と緑川は思った。

「いや、そりゃ商売柄、営業活動は大切ですから」

「それはそうだが」

そう言って緑川は片岡を見据えたが片岡は構わず続ける。

「キタハラが株を売却してくれるとまた違った展開ができるんだが……ともおっしゃっていました」

「へ〜そんなこと外部に言うんだ」

「いやいや、そんなに目くじらを立てなくっても……佳山社長としては基本的には売却を望んでいるんですよ。グループから離れて、それで十分やっていけると踏んでいらっしゃるのかと」

たしかに数年前にキタハラの持ち分を市場で売却する準備を進めたことがある。

グループ体制の見直しを進めていく過程のなかで「グループシナジーがあまり期待できない」「独立した上場会社としてやっていかせるほうが合理的」と見なされたからであった。

マイケル側も歓迎の意向で作業は協力的に進んでいた。ところが準備がかなり進んだ段階でマイケルが突然の業績下方修正の発表をしたのだ。

　当時のヒット商品として準備したものが予想に反して売れなかったのは仕方がないところはある。しかし、その結果の業績下方修正を緑川は直前まで知らされていなかった。

「このタイミングでか！」緑川もそして当時の経営企画室長だった野島も怒り心頭した。佳山はクールに「想定外でして」と悪びれた様子もない。このことが原因で取扱い証券会社からはダメ出しをされ計画は露と消えてしまった。

　当時、緑川は佳山を「確信犯ではないか」と疑ったがそれを証明する術はない。ひょっとしたら佳山も後からシマッタと思ったのかもしれない。だが、そうだったとしてもそれを緑川に素直に伝えることができるほどの人間関係になっていなかった。

　しかし、これが緑川の胸の内に拭いようのない不信感が広がる原因の一つになったことは事実だった。

「弊社では、市場での売却を完璧に実行できる自信があります」

　片岡は胸を張った。

「片岡さんのところは力があるからね。でもそれとこれとは別だよ。ウチの経営戦略からは現状では考えられないな。しかも今の株価の水準ではね……」

　緑川は座り直し姿勢を少し正して答えた。安易に乗ってはいけないと警戒したのだろう。

「それならいっそのこと百パーセント化して完全子会社にしてしまえばいいのではないので

すか？　せめて過半数超まで買い増すとか……」

ああ言えばこう言う、さすがにこの世界で生き残っているだけのことはある。

「完全子会社化？　それは選択肢の一つとしてはあり得るかもしれないけど、資金的にも大きいからな。ウチはウチでいろいろと経緯もあって……。まっ主幹事証券さんとのお付き合いもあるしね。はっはは」

緑川は煮え切らない答えを笑ってごまかした。

「分かりました。私は緑川社長のお役に立ちたい一心ですから。主幹事証券さんとはまた違ったお役があるかと思いまして……」

片岡は如才なくペコリと頭を下げ「ではまた参ります」と言って席を立った。

「シナジーづくりは簡単ではないと本音では踏んでいるんだろう。だから、百パーセント化、完全子会社化はもちろんないし過半数超の保有も今の視野になし。かといって持ち分を売却して次の動きに充てることもしない。要は現状維持が緑川氏の気持ちか。でも、条件によっては売るかも……そうか条件だ。一つ、あのオッサンを動かす仕掛けをしてみるか」……下りのエレベーターの中で片岡は一人ニヤリと不敵な笑みを浮かべた。


片岡を見送った緑川は谷藤の顔を見た。

谷藤は「はい」とだけ答えた。

「前回の取締役会でマイケルの成長戦略を検討・作成し、こっちに報告するように申し入れた。だが四の五の言って渋った挙げ句に持ってきた案はひどかった」

ソファに座った緑川が強い口調で言った。

「そうでした。これまでのＩＲ説明会などにおける説明と同じようなもので目新しい点はなかったかと」

「そうだろ～」

嬉しそうな緑川の顔を前にして自信を得た谷藤は自分の手帳をめくりながらあらかじめ調べて手帳に書いていたメモを説明した。

「はい。たしか……〈特色ある企業風土づくり〉〈絶えざるイノベーションの推進〉〈強力な営業組織づくりと多様な商品の実績づくり〉〈夢の実現〉……そんなところだったですね」

「あ～だがあれではダメだ。絵空事ばかり、なめとるんかっ、あいつら！」

緑川はソファの肘掛けを右手で叩いた。

19　再会

都心のど真ん中にありながら周辺は緑も多く春には桜で覆いつくされる。北原次世代振興財団の催しはこの一角にある高級ホテルを会場にすることが多かった。

三角グリッド構造の特徴ある連続性と有機的な平面構成を最大限に発揮するように工夫されたスタイリッシュな建物だ。定宿にしている米系航空会社のクルーたちの制服姿もロビーの雰囲気の一部になっている。キタハラの創業者で初代の北原全一郎がお気に入りのホテルだったというのも理解できる。

野島はエレベーターで宴会フロアに上がり会場受付に着いた。

最近マスコミでも引っ張りだこの基調講演者を囲むパネルディスカッションということもあってだろう、多数の老若男女が集まってきている。

会場内を見渡したがどうやらキタハラやマイケルの関係者はいないようだ。途端に自分がここにいることが場違いのような気がして心細くなってきた。座席にいったんは座ったものの、開会までに少し時間があるのでロビーに出て時間をつぶすことにした。

会場から出ると三十七階の大きな窓からは素晴らしい眺望が広がっていて飽きない。

ふと背後に人の気配がした。

「あら、野島君？」

女性の声に野島が振り向いた。

「えっ」

明るめのネイビーブルーのスーツ姿の女性が笑顔で立っていた。

身に付けているアクセサリーはシンプルだがそれがかえってその女性を引き立たせている。四十代だろうか。

「私よ、私。忘れちゃったの？　長尾有里です。お久しぶりね」

「え～」

野島は必死に頭の中で記憶をたどった。そして思い出してきた。

しかし長尾？……って？

「大学祭の実行委員会で一緒だったでしょ！」

バサッと切り付けられた。

「あ～そうだった。も、もちろん覚えているよ。ひ、久しぶり」

とは言ったものの、野島の記憶は曖昧だったのでとっさに合わせた返事をしてしまった。

「本当に？　覚えてた？」疑いといたずらそうな目つきで睨まれ見透かされた感じで動揺した。

「いえいえ、忘れるわけないよ」慌てて両手を振って照れ隠しでごまかした。

こういうときは本当に困る。名前と顔が一致しないのだ。大学祭の実行委員といっても、かなりの人数がいたし各学部生の混成だったから覚えていなくても仕方がない。

「大学祭の打ち上げ会で、野島君は他の女子とばかり話していて、同じテーブルだったのに私とはほとんど口をきいてくれなかったから」

「いや～そうだったかな。そ、それは失礼しました」

汗をかいているのが自分で分かる……。

あ〜そんなことがあった、あった。好意を寄せていた女性が別にいて打ち上げ会ではその女性の気を引くことに腐心していたんだった。

「でも長尾さんって、長尾……？　ご結婚されたんだよね」

思い切って切り出してみた。

「いやだ〜」

長尾有里が野島の胸を軽く叩いた。明るい女性だ。

「結婚して長尾。旧姓は北原。あっ、今はバツイチならぬ〝没イチ〟だけど。ふふふ」

「あ〜そうだったのか。いや、きっちり覚えているよ。本当に。それと……没イチでしたか、それは……」

思い出した。名前は覚えていないが口数の多くないショートヘアのスラリとした美人だった……没イチのことはあえて深くは触れまい。こっちはバツイチだけど……。

「北原？って……ということは、北原家のご親戚にあたる？」

「あ〜それ。北原英治は私の叔父で、父が北原全一郎。あっ叔父は今日は海外に出掛けていて欠席なのよ。勝手でしょ。みんな私に丸投げなんだから」

「え〜っそうだったんだ。それは全く分からなかった」

奇遇といえば奇遇だ。驚きと言えば驚き。

長谷川が所属していたサークルの後輩だと聞かされていた。長谷川はここまで知っているのだろうか？

「卒業してから自動車会社に入ったんだけど、女が活躍するのに限界を感じて外資の化粧品会社に転職して、そこに十年くらい。ＣＦＯだったのでＭ＆Ａとかもやってたのよ。子育てしながら。で、二年くらい前から財団の仕事してるの。子育ても卒業だしね」

「へ～そうだったんだ。それで専務理事！」

「野島君がいることはグループ会社の幹部名簿で分かったんだけど、マイケルの役員になったんだし、いつか会えるかなと思ってたのよ。ふふふ」

顔は笑っているが、不満を示しているのだろう口を少し突き出した。

「お～それは失礼しました」

野島は半分おどけながらも深々とお辞儀をすると有里も合わせるように頭を下げた。

「じゃ、私はこれから仕事だからこれで。財団の事務所にも来てよ。じゃあね」

「お～じゃあ」

長尾有里は足早に会場内へと消えていった。来客に挨拶しながら歩いていく後ろ姿はなかなか堂に入っている。

野島は自分も席へと移動した。

パネルディスカッションも終わり隣の部屋で型通りの立食パーティーとなった。有里は忙しそうに来客たちと次々と挨拶と立ち話をこなしていた。

野島は頃合いを見て有里に目だけの挨拶をして会場を後にした。


この日は直帰としたのでテイクアウトで軽い食べ物を手にマンションに帰ってみると未沙が来ていた。

「お～今日は来ていたんだ」

玄関で靴を脱いだところで未沙が応える。

「え～メールしたよ～」

「そうっかあ？」

野島はスマホを取り出して見てメールを確認すると、あった。

「すまん、すまん。気がつかなかった。いけねえ、テイクアウトは一人分だけだ。すまん」

「やっぱりね。ふ～」

未沙は大きく溜息をつくと今度は野島の顔をのぞき込んだ。

「なんか今日のパパ、明るいね」

「いや、いつもどおりだぞ。未沙が来てくれたからかな」

レーザービームを浴びるような未沙からの強い視線を感じる。

「そうかな～笑い方がなんかちょっと違うんだよね。ひょっとして……女でしょ？」

姿勢を低くしてじーっと顔をのぞき込んだままだ。

そういえば、未沙が小学校の二年か三年生の頃だっただろうか、同じような目で迫られたことがあった。野島は強い圧に絶えられず目を逸らした。

女性に決めつけられると、男は別にやましいことがなくても一瞬たじろいてしまうものだ。

「な、なんなんだ？」

「やっぱりね。ママに言っておくわ」

こいつ何を言い出す……。

「おいおい。な、なにもないぞ。変なこと言うんじゃない」

宝もの見つけたといった感じで未沙はクックックッと笑った。

長尾有里との久しぶりの再会があったことからなにか顔に変化が出ているのだろうか。

ひょっとしてニヤけた顔をしているのかもしれない。

「言わないよ。パパはもう独身なんだし、いまさらだからイイっちゃイイけど変な女に引っかかったりしたら駄目だからね」

母親が子供を諭すようなこの感じ……。

まだ幼い頃の面影が残る小娘なのに「女は怖い……」と思って苦笑した。

と同時に自分の娘が大人の女性に育ってきつつあるのが、くすぐったいような頼もしいような……そんな気持ちになって嬉しくもあった。

Point 「度量」のリーダーへのポイント③

「困難に遭って初めてその人間の本当の価値、本当の強さが分かる！　困難に負けず乗り越えていくメンタル・人間性がリーダーには求められる！」

長谷川は確認を求めるように頷いた。野島も大きく首を縦に振る。

「それに、飛ばされたとかそうでないとかは周りが決めることじゃないと思う。本人の考えの持ち方次第ってことさ」

「なるほど〜。それでもキタハラから転勤するにあたって、社内の目はコロッと変わりました。左遷だと思って手のひらを返すような態度の奴もいたな〜（略）」

「いろいろいるさ。仮に左遷だったとしてだよ、そういう時に人の真価が分かるってものさ。〝疾風《しっぷう》に勁草《けいそう》を知る〟って言うからね」

「疾風に勁草？」

（野島は）オウム返しに言葉をなぞった。

「ああ。激しい風が吹いて初めて丈夫な草が見分けられる。困難に遭って初めてその人間の本当の価値、本当の強さが分かるということ、周りも自分も」

〈本人の捉え方次第だとアドバイスされる場面〉
※本文113ページより

第四章　「陰謀」が巡る

20 下達

マイケルの新年度は五月から始まる。

この季節は街路樹花壇に咲く色鮮やかなサツキやツツジの花と初夏の風が新年度のスタートを実感させるようで爽やかだ。

五月三日、今日の午前中の来客はキタハラの経営企画室長の谷藤である。

「おはようございます」

谷藤が通る声で挨拶をした。学生時代が体育会系出身だからなのか挨拶する姿勢がピシッとして気持ちがいい。

「わざわざ、ウチのオフィスにご足労いただき恐縮ですね。で、ご用の向きは？」

こいつと前口上の世間話をするまでもないだろう……佳山は単刀直入に聞いた。

谷藤は「え〜〜」と少し間をおいた。

どう言おうか……心臓がドキドキしているのが分かる。

「あの〜今年は役員改選期に当たります。つきましては七月末の株主総会にあたってお願いというかご提案がありまして……」

いかにも硬い。

「なんでしょうか」

佳山がポーカーフェイスで応える。意識して自らの感情を行動や表情に出さない特技のようなもので「無感情」とは異なる。

ほら、早く言え谷藤和夫！　ここで任務を遂行できなければ緑川の叱責が待っているだけだぞ……心の内の自分に押された。

「はい、単刀直入に申し上げますと……」

何を言い出すのだろうか。佳山は警戒していた。

「はい、今度の総会で経営体制の刷新という観点で、キタハラから取締役の派遣を増員したいと……。それと定款では二年任期になっていて今回は改選期ではありません。ですので、今回の五名とは任期がズレるメンバーとなります」

それかよ……。

「え〜それは〜その必要あるのかな〜。それに現在も野島さんと非常勤で緑川さん……と強力な方々を受け入れているじゃないですか」

冷たく言い放った。

「はい、そうですが、それに加えてあと五名の増員をして十二名にする。経営体制の強化を一緒にしていければということで……キタハラから優秀なメンバーを新たに派遣したく……」

谷藤は表情を変えずに淡々と説明するが緊張しまくりの状態だ。右手が微妙に震えているのを慌てて左手で押さえた。

「非常勤はもう要らないよ」

佳山はきっぱりと言い切ったが心の内には警戒モードが一気に高まった。

「全員が非常勤とは限りませんが、それは今後の検討事項ということで。取締役会の透明性を世間にもアピールできるかと……取締役会の充実をですね……」

佳山からあからさまに嫌な顔をされたので、谷藤は萎縮して背中がさらに丸まった。

「え〜それってよく分からないな〜。二年前に執行役員制度の導入をやって取締役の減員をしましたっ！　キタハラご本社からのご指示もあってやったんですよ。それと矛盾することになるんじゃない？」

この強い口調を警戒と抵抗だと感じた谷藤はすぐには言葉を返せなかった。

二年前の減員？　谷藤がまだキタハラに入る前のことなので、その行間には何があるのか分からない。切り返しのアドリブが出て来ないのがもどかしい。

佳山も様子をうかがうように黙っている。

ようやく谷藤が口を開いた。

「かねがね緑川社長がマイケルの取締役会の場などで申し上げてきたようですが……これまでの延長ではなく、これからの時代を踏まえ経営刷新をしていただきたいと。グループ経営の観点からのお願いというかご提案です」

一気に告げた。そう、まさに「告げた」という感じだ。

「う～ん。そんなことおっしゃられてもね。ウチはグループ会社ですけどキタハラ化成の持ち分は二十六パーセントであり〝子会社〟ではない。〝関連会社〟でしかも単独の上場会社ですよ。いくら大株主だからって……」

あきれたように佳山は首を大袈裟に何回か左右に振った。

実はキタハラ本体の保有は二十六パーセントだが、買収時の経緯もあって北原家の財産保有会社が九パーセント保有している。合わせると三十五パーセントとなるので事実上拒否権を握られている。しかし、佳山はあえてここでは触れなかった。

「ともかく七月末の定時株主総会に向けてご検討いただきたいということで」

「そんな」……そう言いながら佳山はソファに寄りかかり目を数秒ほどつぶった。

じーっと黙って座っている谷藤にとってこの数秒はものすごく長い。

そして佳山はおもむろにソファの背もたれから身を起こし谷藤を見詰めた。

「谷藤さんもお立場があるんだろうからね。検討はしますよ、検討は。緑川社長にも、そのようにお伝えください」

「は、はい、よろしくお願いいたします」

ようやく終わった……谷藤は頭を下げて部屋を出てエレベーターに向かった。

しかし佳山は見送ることもしない。それは不快感と抵抗の意思を示したかったからだ。

21　打診

■五月四日午後
外資系証券会社のマネージングディレクターをやっている片岡修平が佳山を訪ねてきた。

佳山のところにも営業活動でときどき顔を出してくる。

「片岡さん、今日は何かいいお話でも？」

「お時間ありがとうございます。いえね、ちょっとこんな話はどうかと思いまして……感触をと」

「と、おっしゃいますと？」

「ええ、佳山社長は立派に上場会社のトップとして経営していらっしゃる。市場でも注目されている会社です。かねがね素晴らしい経営者だとお見受けしているんですよ」

もったいぶった前口上だ。

「しかし、グループ経営の強化を指向しているキタハラからは距離を置きたい」

「いや、そんなことは……」

言い淀んだ佳山は知らずに右手の人差し指を口元に運んできている。

「でも、独立性は維持したいんですよね。これからもユニークに成長していくためにも」

「まあそれはそうですが……」

「しかし、グループ会社とはいえキタハラからの口出しが多くて悩んでいらっしゃるのではないか……と外野からお見受けしているんです」

膝に両腕を乗せ前かがみ気味の姿勢で佳山をのぞき込むように話を続けた。

「まあそういうところ、否定はしませんが……」

いかにも合点がいったというそぶりを見せつけるように大袈裟に頷いた。

「やはりね……」

「で、どういう？」

「あっ、すみません」

片岡は座る姿勢を正し佳山を真正面から見据えた。

「実は、ある量販店会社さん、ぶっちゃけて申しますとカワムラ電機さんです。K社としておきますか。そのK社が御社に注目されていまして、この分野に力を入れていきたい。ついては資本提携できないかと。キタハラの持ち分を取るということも選択肢としてはあるのですがこれはなかなかね……」

「ほ〜」

意外な話である。しかし、あっても不思議ではないのかもしれない。

「もちろん、経営権をとってガンガン経営介入をされてもお嫌ですよね？」

「それはそうですが……」

「そこは、K社さんは積極的なM&Aを次々と展開されているのでよく心得ていらっしゃいましてね。傘下入りになったとしても、トイレタリー・パーソナルケア分野の専門家ではないので経営は佳山社長に全面的にお任せしたい。資本出資したとしても過半数程度まででで、上場も維持したい……とまあこんな感じなんですよ」

話が一区切りということで片岡は姿勢を崩した。

「へ〜それは面白いお話ですね」

「でしょう？」

大袈裟な言いようと嬉しそうな笑いに佳山はつられた。

「ふ〜ん、従来とは次元も変えた成長戦略を描けるかもしれない」

思わず佳山は呟いたのだが、それを片岡は聞き逃さなかった。

「どうやら、佳山社長はご関心がおありになりそうだと受け取っていいでしょうかね?」

脈ありと受け取ったのだろう。

右手を胸に当てて確認するように佳山をじ〜っと見詰めた。

「というか、いろいろと頭の体操はやってみるのはタダですもんね」

「そう、頭の体操ですね。しかも前向きな。でも、変に主導権を取られてしまっても佳山社長としては面白くないでしょう? ですから、きちんとした成長戦略・事業プランを早急に詰めていただくというのではいかがですか。さすがにすごいと思わせるものならよけい向こうさんも蔑ろにできなくなってくるでしょうから。世の中そういうもんですよね」

すでに流れは片岡にあった。

「で、やり方は?」

「TOB(Take Over Bid:株式公開買付け)とか、第三者割当増資とか……いくつか考えられます」

「TOB! それは大ごとですな……敵対的になるでしょうし」

佳山は身を乗り出した。

もめる光景が容易に想像できたからだ。

「そうですが、新プランが意欲的なものであればあるほど、騒がれるのはかえってウエルカムなんだと思いますよ。仮に敵対的ＴＯＢになったとしても今の時代では受け入れられないことはないですから。時代は変わってきています。キタハラさんだって条件次第でしょうし」

「そうだね……」

「いや〜今日は、佳山社長のニュアンスをお聞きできてよかったです。きっと弊社としてもお力になれると思いますので」

「あっ、でも主幹事証券が……」

乗りそうになっている自分を戒めるように口実が出てくる。

「まあ、それとこれとは分けて考えてもらっていいと思います。主幹事証券さんはなにも言えないでしょう。この手の話は外資である弊社が頑張りますよ。憎まれ役もですが。はははは」

〝外資〟〝憎まれ役〟……ダメ押しのように佳山の頭に残った。

「Ｋ社のご意向も再確認してみましょう。成長戦略と事業プランを早急に検討してみてください」

「キタハラには言えないな、この話は」

でも、まだ躊躇というか危惧が残っている……それを見透かしたように片岡が言い切った。

「まあ、いま話すともめますよ。直前で大丈夫かと」

「なるほど。とにかく私はなにも決めてませんよ」

数秒の間ができた。

「ははは、それは心得ております。では、また近いうちにまいります」

この瞬間、佳山には戦慄のようなものが走った。


「よし！」

待たせてあったハイヤーに乗ると、片岡は軽いガッツポーズとともにニヤリと不敵な笑みを浮かべた。

これまでにカワムラ電機のM&Aを何件か扱うことも寄与して片岡は高い営業成績を上げてきた。ところが、昨年そして今年に入っての営業成績がまったく振るわないのだ。外資系特有の厳しい成果報酬契約で縛られている片岡としては、ここはなんとしても成果を挙げないとマズい立場に追い込まれかねない。

その矢先に河村会長からは「マイケルを手中に収めたい」と強く求められた。しかし、簡単にはできない……その切り口がなかなか見つけられずに思案していたのである。

それに河村会長からは「できなかったら君の力もそんなもんかと思う、よそからもいろいろ言ってきているしな」と脅されていた。

そこにマイケルという〝獲物〟を見つけたのだ。うまいことにその当事者の佳山はすっかりその気になっている。そして親会社の緑川は「シナジーの追求なんか面倒だ、売り飛ばして現金化して別のことに手を出したい」と本音では思っているはずだ。

マイケルをキタハラから切り離しカワムラの傘下に入れることがマイケルにとって本当にいいのかどうかなんて分からない。そんなことはどうでもいいのだ。今の片岡にとってはディールを成立させることだけが重要なのだ。

「何が何でもまとめてやる！」

ガッツポーズをして自身の戦闘モードを煽っていた。車窓の外は白っぽくギラギラとした太陽の光線がガラス張りのビルに反射して直視できないくらい眩し過ぎて、それはまるで片岡の内なる野心のようだった。

22 指令

■五月七日夕方
「社長からの呼び出し」……。

用件はマイケルの件に違いない……谷藤は社長室へと足早に向かいながら気持ちを引き締めた。

「お～あの件だ」

谷藤が扉を開け部屋に入ると、緑川はそう言いながら執務デスクの椅子から立ち上がって応接用のソファに移りドスンと座った。谷藤も急ぎ足でふかふかのカーペットの上を移動しちょこんと腰を下ろした。

「マイケルの佳山社長から何か言ってこられましたか？」

「いや、何もない。スタッフ同士でのやり取りはあるのかな？」

「いいえ、全くありません」

「そうか……」

呟くと同時に緑川は口をギュッと結んだ。

「無視するつもりですかね」

恐る恐る聞いてみる。そして顔色をうかがうように上目遣いで緑川を見た。

「まあ、そうかもしれんな」

「申し入れに行ったのが私では役不足だったのでしょうか……」

自分のせいか……緑川の表情が厳しいので谷藤は心配になってきた。また怒鳴られるのか……。

「そんなことはないさ。十分役に立っている。よくやった」

「は～？」

「どうせ、オマエの言うことなど聞きやせんよ」

なんだ……上げたり貶したり……ひどい。

「いいんだ。たぶんオマエが申し入れに行ったから、反発心が煽られているはずだ。こんなチンピラにってな。ははは。それでいい。想定の範囲内ってことだ」

「……」

谷藤の落ち込んだ様子を前にして、緑川は右手の手櫛で髪をかき掻き上げながらゆっくりとクールに言った。

「いいじゃないか。人にはそれぞれ役割ってものがあるんだよ」

顎を少しだけしゃくり上げ、投げ出していた足を組んだ。

「は～」

慰めているつもりなのだろうか……。

「余計なこと考えずに、次の手を打とう」

「と、おっしゃいますと」

「株主提案をする」

えっ、それはまた突拍子もないことを……。

「株主提案？」

谷藤は思わず声が裏返った。

「バッカヤロー、当然の手続きだろう」

そう言われて谷藤の首がすくむ。

「個人株主でも大企業に突きつける時代だ。こっちは過半数こそないが二十六パーセント。

北原家の資産管理会社が九パーセント、合わせて三十五パーセントだ。北原家からは委任状をもらっている。しかし、総会の出席株主数は個人株主が多いということもあって、だいたい六割ちょっとだ。議決権数が分母になるから実質的には過半数超になるよ」

「はい」

「今となっては買い増しをしておけばよかったが、それはいまさらだ。ともかく、ここは株主提案権を行使する。向こうはビビッて考え直す。場合によっては佳山の再任もこっちは賛成しないと揺さぶってやればいいんだ」

「なるほど。でもプロキシーファイトとかになりませんかね……」

「プロキシーファイト？　委任状争奪合戦か。そりゃ必要になればそれもあるだろうよ。でも今は余計なこと考えるな」

「はっ」

「スグに準備しろ」

「はい！」

「取締役を現行の七名から十二名とするのは現行の定款での定員枠内だったよな？」

二年前に取締役の減員を行った際に、取締役員数の定めの定款改訂をしていないので枠は十二名となっている。正しくは〝させ忘れた〟のだが、それが今になって使えるという皮肉である。

「はい！」

返事をするだけで精いっぱいだ。

「オマエは、〝は～〟とか〝はっ〟とか〝はい〟とかばかりだな～」と言って笑った。

バカにしてというか、いじって楽しんでいるといった方が近いかもしれない。

「それと、ウチから監査役を一名送ることも追加だ。今の四名の改選は来年だったな。だから差し替えられないが常勤に一名を加える。来年また考えよう。こんなところでどうだ？」

矢継ぎ早に指示が飛んで来るので谷藤は忘れないようにメモを取る。

「相変わらずバカだな～オマエは。それでも一応は一流大学を出ているんだろう？　どうせ勉強しなかった口だろうがな、それくらい頭に入れとけって。いちいち目の前で帳面を出してメモする奴は出世しないぞ。ったく！」

ニヤッと笑った緑川の顔に谷藤は縮みあがり、慌ててメモをやめるや否や音を立てて手帳を閉じた。

23　株主提案

■五月十日

高阪が佳山の部屋に飛び込んできた。

「株主提案？　なんだこれは！」

渡された紙に目を通すやいなや佳山が立ち上がって叫んだ。

「五名の追加選任と常勤監査役一名の追加選任だと。谷藤が来た時に言ってきた内容だ」

「それ以外の取締役は？」

「大丈夫か？　現在の取締役は任期があと一年あるから無風だ」

「それは取りあえずよかった」

高阪が素っ頓狂に応じた。

「君は自分のことだけ考えているのか？」

「い、いえ、そんなことはありません。そうだ、定款での任期二年はそのまま変えていなかったんだった」

しまったと思ったので高阪はとっさに話をずらした。言ってから低次元だったと反省したがひとたび口から出したものは戻らない。

いつの間にか佳山は座って執務机に片手で頬をついている。高阪は机の前に立ったままだ。

「しかしだ、この五名は全員がキタハラの現在の役員と管理職だ」

「これでは十二人中のパワーバランスが崩れます」

「そうだよ。しかも、常勤監査役を追加で一名入れろと言ってきている。キタハラの経理部付きの部長だ」

佳山は手に持っていた株主提案書を机に投げつけたので、その勢いで机の上にあった何枚かの書類がひらひらと床に落ちた。高阪が慌てて腰をかがめて拾いながら答えた。

「知っています。年齢的にちょうど出し頃だったのでしょう」

「とにかくこんな案は受けられない」

佳山の息が荒い。高阪には湯気が出るかと思えるほど佳山が怒っているのが伝わった。

■五月十一日午前

佳山の部屋に横田、高阪、野島、そして猪又が集められた。

「株主提案がキタハラから来ている。これを通せば取締役の過半数近くがキタハラからの派遣で占められるということになる」

「ということは取締役会の意思決定に大きな影響が出ます」

「ウチの独自性が消えてしまう」

「野島君はどう思う？　君もキタハラから派遣された役員だが」

やはり疑っているのだろう……。

「キタハラから来ましたけど、転籍してマイケルの取締役です。忠実義務も心得ています。誤解なきようにお願いします！」

内心ムッとしながら野島は少し大きめの声で返した。

「分かった、分かった。失礼した」

佳山は野島にキッパリ言われてしまい苦笑してごまかすしかなかった。

着任して時間がそう経っているわけでもないし、緑川から押し付けられたような形で役員として受け入れたのだから信じ切れないというのは分かる。しかし、ではどうすればいいんだ……というもどかしさが野島には込み上げてくる。

「で、社長、キタハラに出した成長戦略はどうなったのですか？」

「あれは～いろいろと難癖をつけられた」

佳山の顔に険しさが戻った。

「そうですか……」

「君はどう思うんだ？」

困った時の「君、どう思う？」はどこでも上役の常套句でもある。

「ええ、先日も申し上げましたが、あれでは難しかったと思います。マイケルとしては、これまでとは違う、そしてキタハラも行っていない事業を開始する、つまり事業分野が変わるんだと言わない限り、現在の事業そのものはキタハラとのシナジー効果があるんだからもっと協業しろと言われてしまうような気がします。『もっと近づけ』と。ですので、例えば別の事業の買収とかも含めて示す必要があるのではないかと……」

「買収とかの話は中期計画のいろいろなところに散りばめられているつもりだけど」

「そうでしたか。そういうことなら……私としてはなんとも……」

しかし、事業買収などでの具体的な話があるとも思えない。具体的なものは念頭にもないのではないか……野島はそう思ったがこれ以上を口には出さなかった。

「猪又君は？」

猪又も発言を求められるだろうと覚悟していた。

「はい、私も野島さんが今おっしゃったように、あの成長戦略ではキタハラは不満かもしれないなと思います」

「そうかね……」

佳山は不愉快なのだろう。素っ気ない。

「え〜、向こうの仮説というか想いを打ち砕くようなものでないと。あれは出さないほうがよかったくらいじゃないか……あっ、すみません。言い過ぎました」

猪又は佳山の様子が険しくなってきたのを感じてあえて明るい声のトーンで謝って頭を下げた。

すると横田が空気を察知し流れを変えるように口を挟んできた。

「ともかくここは穏便に済ませる方法はないものだろうか？」と言いながら佳山に視線を投げかけた。

「私としては五名もの取締役派遣など必要性を全く感じない。キタハラに言っても聞く耳を持たないかもしれないけれど、まずはキタハラと折衝する必要がある」

「そうですね」

横田と高阪がそろって応えたがその後には無言の間が広がった。

佳山が再び口を開いた。

「やはりキタハラがウチの株を保有していることが、そもそも問題の源だ。M&Aといったことも含めて考えた方がいいというのなら、それはそれでやってもいいと思う」

「具体的なものがあるのですか」

横田が心配そうに質問した。

「まあな。販路の拡大という観点からある事業会社からの打診もなくはない。まだなんとなくのアイデア的な話で具体的ではないがね」

「そうですか。そういったことは突破口になるかもしれないですね」

そう言って高阪が繋いだ。

猪又、野島はどう答えたらいいものかと二人は顔を見合わせた。

「ともかく、〝資本の論理〟を〝資本の論理〟で解決するということも考えようと思う。皆、いいね」

佳山が目をギョロリとさせて皆の顔を見回したのに呼応するように皆は一様に頷いた。

大ごとになるのだろうか……野島の心の中にあった心配の種が目に見えて大きくなったような気がした。

自分の立場は難しい。キタハラ出身だからキタハラの方針を優先するのか、マイケルの役員なのだからその立場を優先するのか……。

■五月十二日午前
横田と高阪は、この日キタハラ本社に谷藤を訪問していた。先日の役員選任の件についての折衝のためである。

谷藤と共に経営企画室員の笹本が同席した。

「わざわざご足労いただきありがとうございます」

谷藤がにこやかに挨拶をした。さすが体育会的な躾を大学時代に受けているからだろう実に爽やかだ。

型どおりのやりとりが済むと横田が切り出した。

「まず、今回のご提案の監査役候補については取締役会提案とさせていただくつもりです」

谷藤は「はい、そうですか。それはよかった」とだけ応える。

黙っているのだが顔は「で?」と言っている。

「しかしながら、〈取締役五名選任の件〉についてはご相談申し上げたいのです」

恐る恐る話す横田がちょっと哀れなくらいだ。こういう交渉事にはあまり慣れていないのだろう。そもそも横田と高阪を差し向けた佳山にとっては、「申し入れのためにわざわざ出向いた」という実績が必要だった。そして横田は「常務なんだから行け」と佳山から言われたから仕方なくやって来た……これでは迫力がないのは当たり前だ。

「あの〜五名ですと取締役会構成人数が偶数になります。議決のことを考えますと奇数がいいかと。現行が七名で、全員があと一年の任期を残しております」

若造になめられてたまるか……と精いっぱい述べた。

横田は谷藤の顔を見ると思い切ってさらに続けた。

「ですので、今総会ではキタハラからは一名をお招きし、グループ外から有識者を一名選任するのが妥当かと……社外取締役の設置は今の世の中の趨勢の一つでもありますから。現在の長谷川取締役とともに〝経営の監視〟の意味があるのではないかと思われます。委員会等設置会社や監査等委員会設置会社への移行も将来の検討課題として視野に入れるといった観点からも考えられるかと。これでどうでしょうか？」

横田の声が時々途切れていて緊張しながら説明しているのがよく分かる。隣に座る高阪はただ谷藤と笹本の顔を交互に見ながらじーっと座っている。

横田の説明が一段落した、と同時に谷藤が「う〜ん」と唸りながら両腕を前に組んだ。しかし、組んだままでは失礼と気がついたのかすぐに腕を解いた。

「まず、冒頭に申し上げておきますが、〈取締役五名選任〉のご提案は、それ以上もそれ以下もないと思っております。グループ外の方にお願いするという意味での社外取締役ですが、現段階でその必要性は感じられません。株主が分散している独立系の上場会社には馴染むと思いますがキタハラの関連会社であるということからいっても……将来はともかく、まず今回に関しては……」

横田は谷藤の言い分を聞くだけで精いっぱいだったが、思い切って質問した。

「先日、緑川さんから〈キタハラからの役員候補については、無報酬で経営支援にあたらせたい〉旨の発言があったと聞き及んでいます。ということは、キタハラからの候補者は〈非常勤〉と考えていいのですよね」

「そのあたりのことは、現時点ではまだ未定ですね」

横田と高阪は言葉もなく互いの顔を見た。

そしてゆっくりと横田が続けた。

「取締役を増員したからといって経営支援になるとは言いにくい面もありますが、このほかに何か具体策を持っていらっしゃいますか」

「そうですね、執行役員クラスを数名程度派遣するといったこともアイデアとしてあるかもしれないです。これからでしょ」

笑顔もない無表情の谷藤の声は高圧的に聞こえる。

「ご提案の五名についてお名前の〝入れ替え〟といった余地はありますか」

争点が五名という頭数の是非からその中身に移ってきていた。

「この候補者以外を求めるということですか？　それともこのメンバーでは何か不都合なことがありますか？　そうならばお教えいただきたいのですけど。なっ、笹本」

と、谷藤は隣の笹本に向かって声をかけた。笹本は黙って頷く。

「いえ……特にあるということではないんですが……」

横田の声のトーンが急に落ちた。こりゃ話にならんわい……と悟ったのだろう。

構わずに谷藤がさらに続ける。

「特段の不都合はないのですね。それはよかった。それならば〝入れ替え〟は必要ないと……このメンバーは、いま考えられるベストなメンバーだと思います」

谷藤に言い切られた横田の顔に困惑の表情が広がると室内は静かになり、数秒間の沈黙タイムとなった。

その沈黙を谷藤が破った。

「ところで、総会議案の決議をする取締役会の日程は、仮設定のままではなく早く確定していただきますようお願いします」

谷藤があえて頭を下げた。

「日程の件も含め、お話は一応持ち帰らせていただきます」

「では、そういうことで。本日はご足労いただきありがとうございました。佳山社長にもよろしくお伝えください」

　これ以上はやりようがない……。

　谷藤の言葉が終わるのを待って横田と高阪は席を立った。

■五月十二日午後
　マイケル本社に戻ってきた横田と高阪は佳山に報告した。

「社長、全然話になりません」

　横田は申し訳なさそうに下を向いた。忠誠を誓ってきた横田としては歯がゆいのだろう。

「拒否か……」

「はい、これ以上も以下もないと言われてしまいました。あの若造に」

　しょうがないでしょ……横田は心の中で呟きながら上目遣いで佳山の反応を確かめた。

「妥協の余地は？」

　いきなり怒り出すかと思っていたが、そうでもない様子なのでほっとした。

「なしです。まったく聞く耳を持ちません」

　すると、佳山は寄りかかっていた椅子の背から身を起こした。

「まあ、想定の範囲内だ。聞くわけはないさ。とにかく緑川は主導権獲得が第一義なんだよ。本格的に手を突っ込んでくるぞ」

「われわれをなんだと思っているんでしょうかね。現場も知らないでっ」

高阪の憤慨した声を聞いて佳山がポツリと言った。

「悲しいがそれが〝資本の論理〟ってやつだ」

「向こうに正義ありですか……」

横田はそう言ってから溜息をついた。

「いつの時代も正義なんて立場によって異なるものさ。こっちにはこっちの正義がある」

上場会社としての独立性、株主平等、特定の大株主のためにだけ動くというわけにはいかない……これがこちらの「大義」である。

戦の前の武将のような高揚感が佳山の内に湧き上がってくるのを感じた。

「明日、経営会議があったな。明日は内容を変更する。猪又も来ているから猪又と野島、横田、高阪そして私の打ち合わせに変更してくれ」

「はい。で、社長、テーマは？」

「こちら側からの資本の論理についてだ」

「資本の論理、こっち側からのですか？」

「うん、実は資本提携の話がある。皆の意見を聞きたい」

「えっ！　どういう？」

横田と高阪はそろって声をあげ目を見張った。

「その時話す」

ニヤッとした佳山の顔が不気味だ。

「はい。分かりました」

とはいえ、自分の身は安泰だろう。〝上場会社の常務取締役〟という地位と収入をまだ失いたくない……横田は根拠のない安心感のようなものを感じていた。

24　資本提携

■五月十三日夕刻
会議室には佳山の他に横田、高阪、猪又、野島が集められた。

「カワムラ電機がウチの株を取得して事業を強化したいという意向があるらしい」

四人を前にして佳山が切り出すと、真っ先に横田が質問した。

「えっ！　それはどういうことですか？」

佳山の右腕という自覚があるのだろう。野島がマイケルに来てからそのような振る舞いが目立つ。自分より上の序列に位置づけられている専務の野島を意識していることは間違いない。

「うん、できればキタハラが持っている株もそっくり引き取り、さらに過半数以上を持ちたいという話。上場は維持のままを前提」

「えっ！　それは大ごとだ！」

また横田が大袈裟に発言した。

「カワムラ電機がウチから入れているプライベートブランドの取り扱いを増やしてきていますよね。それと関連あるのかな……」

高阪が補足するように言うと横田がすかさず疑問を投げかける。

「でも、あそこの本業は家電製品だったよね」

「いや、最近は家電製品やカメラの安売りだけの業態ではないようです」

高阪が横田の疑問に答えた。スタッフ部門の責任者を自任しているのでこういう時のフォローもタイミングがいい。

「特に中国資本が入ってきてから貪欲で、一昨年中堅のドラッグストアの五十一パーセントを取得し子会社化しましたが、そこの機能をさらに生かして広げていく戦略ですかね」

訳知り顔の高阪の話が一段落するタイミングを待ち佳山は四人を見回した。

「そこでだ、向こうはウチとの関係を強めて一気に業績拡大を図るという狙いだろう。インバウンド需要も大きいからな。カワムラは家電製品だけではなく幅広くトイレタリー・パーソナルケア製品も含めて展開していこうという経営戦略を描いている」

「しかし、キタハラが応じますかね？」

　横田が質問する。

「それは分からない。だが、株価によってはあり得る」

「株価はそう恣意的には決められませんよ」

　高阪がすかさず補足する。

「そうだが、株価によっては売るか売らないかを判断せざるを得ない」

「で、ウチは？」

　横田が問いかける。

「株の移動だけならウチとしては直接の関与は少ない。しかし、ＴＯＢともなれば取締役会として賛意を表すか否かは、その後のわれわれの立場にも影響する。ＴＯＢでキタハラが応じなくてもキタハラの持ち分以上に株数が集まれば筆頭株主が入れ替わることになる。ウチの株主の分散状況から言ったら、たぶん集まるだろうな」

　佳山の説明に対する横田と高阪の合いの手はいかにも出来レース的だ。二人は佳山から事前にほのめかされている……野島にはそう感じられた。

　佳山がさらに説明を続けた。

「もう一つ方法がある。キタハラが持ち株を売らないとして、カワムラ電機が相当数の第三者割当増資に応じるというのはどうだ」

誰かに知恵をつけられてのことだろうが、それなりに佳山の頭の中は整理されてきているのかもしれない。

「結果として、キタハラの比率は下がることになる。筆頭株主の地位から転落する！」

まるで歌舞伎のクライマックスでやる大見えのように一瞬動作を止めて目だけを左右に動かした。「どうだ！」という佳山の声が聞こえてきそうである。

すると、「ただ、それは難しいところがありますよね」……それまで黙って聞いていた野島が口を挟んだ。

経営権の奪取を目指す第三者割当増資方式には乗り越えなければならないポイントがいくつもある。

「どういうことだ？」

佳山が野島を睨んだ。

「はい、まずその増資分に見合う資金需要がウチに存在するのか。または創出することができるのかです」

野島に指摘され佳山の顔が曇った。

「そりゃあ、いろいろある」

「いい加減に見えるものでは問題になります。それに総会の時期が間もなくやってきます。それまでにその第三者割当増資をやったとして、新株主が株主としての権利行使をすることがこの総会で可能かどうかです」

野島は感想を述べ続けた。キタハラにいた時代にM&A案件を何件も取り扱ってきたのでこの手の話は不案内ではない。

「そうだな、ウチの決算は四月。もう過ぎているからな……」

したり顔で横田が補足しようとしたが構わず野島は続ける。

「もちろん、法曹界では見解が分かれているそうですから、持っていき方によっては認められるかもしれない」

「じゃあ、いけるじゃないか」

曇っていた佳山の顔が一瞬にして晴れたように見えた。

「ですが、見解が分かれているということはキタハラ側と意見を異にすることになる。そうなれば、当然にキタハラはなんらかの対抗手段をとってくると考えておくべきです」

「例えば？」

「執行停止の仮処分申立とか」

「それは面倒だな」

佳山が嫌そうに呟いたが、野島は構わずに続けた。

「本当に合理的な説明ができる巨額の資金需要は今のマイケルにあるのでしょうか。急ごしらえでそんな事業計画を作れるのですか。また、親会社にも銀行にも相談せずになぜ突然に第三者割当増資に踏み切ったのか……争いになった場合、こういった点は大いに突かれると思います」

野島が頷きながら佳山を見据える。

その目力のようなものに触発されたのだろう佳山が慌てて補足的に言い出した。

「そんなものは……例えばカワムラの持つ事業用資産のいくつかをウチ専用ということで引き取るというのがアイデアとしてある。増産も急がされることになる」

「随分荒っぽいですよ。必要あるのでしょうか。それに、カワムラからの発注が続く保証はないですよね」

野島も淡々と応じていく。

「カワムラに長期契約を結ばせればいいだろう。そうすれば、その契約自体もウチの担保になる」

「そんな契約は、向こうの都合で簡単に破棄してくるかもしれない。カワムラは仕入れ先からはあまり評判が良くないという噂を聞きます。叩き方は厳しいし、あれこれと因縁を捜して平気で契約見直しを迫ってきたり……。さらにイケイケの外国資本が入ったんですよ。しかも中国資本、われわれとは常識が違うと思っておいてちょうどいいくらいでは？」

黙って二人のやり取りを聞いていた横田が、議論の流れに置いていかれないようにと分かったようなことを言い出した。

「そうだよな……なにせ元々現金商売で突っ走って大きくなってきた会社だから。あそこのオーナーはたしか八十の爺さんだった。年を感じさせないバイタリティーだそうだけど、中国資本なんか入れちゃってますます貪欲ってとこですかね、社長」

その後、議論はさらに延々と続いた。

「皆の意見は分かった。私としてはこれからの成長を考えてこれまでとは違った業界とも手を握るということをやるべきだと思う。その方向で皆に賛同を得たい」

横田と高阪は「そうですね。社長のおっしゃることなら……」といち早く賛意を示した。

猪又は黙ったままだったが、佳山に「どうなんだ？」と問われると「本当にそれでいいんでしょうか」と言った。しかし、佳山の睨まれるような強い視線を受けて「お任せしますが……」と答える始末。

野島は困った。悩んだ。

「私としては社長のおっしゃることは理解いたします。ですが、キタハラが賛同するでしょうか？　そのあたりは分かりません」

「で、まず君は賛成なのか反対なのか？」

「そうですね……迷います。少し考えさせてください」

「面倒な奴だな。とはいえ君の立場も分からんではないが、君はマイケルの取締役であることを忘れないでほしい」

　裏切るなよ……と佳山は野島を見据えた。

「私としては、ＴＯＢ方式が第一案かなと思うが、あわせて第三者割当方式も考えてみようと思う。横田と高阪は協業の成長戦略の取りまとめを進めてほしい。それぞれ協力を頼みます」

　そう言って佳山は頭を下げた。


「さあ、どうすればいいのだ」……野島は迷った。

　キタハラに帰任した方がいいのか。だが、そもそもそれは叶わないかもしれない。叶わないのならばそれはそれでいい。会社勤めに「まさかの異動」「まさかの降格」は付きものだ。どちらが幸せかどうかなんて分からないし自分が切りひらくものなのだ、そう思ってこれまでもやってきた。ともかくここはどういう態度を取るか……野島にとっても大きな分岐点に立たされたことは確かである。

25　探り

■五月二十日

緑川の専用応接室に片岡修平の姿があった。

「何かいいお話でもありましたかな」

緑川が慇懃に切り出した。

「いえ、まっ、ご機嫌うかがいと言うことで……」

相変わらずこの片岡という男は調子がいい。警戒感をなくさせてしまう不思議な人懐っこさのようなものがある。

「この絵、素晴らしいな〜。前にお邪魔した時のとは別の絵かな。お高いんでしょうね〜。キタハラさんは絵画も随分お持ちなのですか？」

片岡は勧められたソファには座らず壁に飾ってある絵画に向かったまま言った。絵画に造詣が深そうに振る舞っているが本当なのかは怪しい。そんなことは片岡にとってはどうでもいいのだ。

「いや、そんなことはないですよ。ただ、三年ほど前に支援要請を受け買収した会社の当時の社長が高級な美術品をため込んでいてね。公私混同の大浪費だった。なので、それ込みでの買収でした。買収後に現金化するつもりだったのですが、ギリギリのところで気が変わって保有することにしたんです。〝寸止め〟ですな。はっはは」

緑川も緑川で、所蔵の絵画を褒められるのはわがことのように快感を感じる。

「ほ～そうでしたか」

「あのとき、無理に売却しても足元を見られるだけです。業者が買い叩きに来ましたよ。でも私のツルの一声でね。まっ私の勘、そういうの閃くんだよね。結果的には正解だったということかな。はっははは」

〈オレは相場観がいいんだぞ〉……と自慢するドヤ顔だ。

「それはさすがですね！」

「いや～はっははは」

まさに化かし合いの会話である。

「どうせ二人とも絵の値打ちなんて分かっちゃいないんだから。値段が高けりゃ価値があると思っている。そんなところだろうに」……同席を求められた谷藤はそう思いながらも黙って聞いていた。

「ご機嫌うかがいと言ったって、片岡さんのことだからまた何か企んでるんじゃないの？」

お互いがソファに座ると、緑川が声に余裕を持たせたまま軽くジャブを送った。

「いやですね。またそんな人聞きの悪い」

はっははは……。

平然と腹の探り合いをするからバカバカしくおかしいが、谷藤は努めて真顔を保った。

すると、たったいま思い出したように片岡が言い出した。

「あっそうそう、先月お目にかかった時に話題になったマイケルさんですが……」

「おっ、どうかしましたかな」

緑川も当然のごとくしらばくれる。

「やはり売りませんか？」

軽く言い出すのが怪しい。

「いや〜そのつもりはないな〜。で、それがどうかしたんですか？」

「いやね、最近マイケルに興味を示している筋の話をちょこっと耳にしますので……」

片岡がさらっと言った。

「へ〜どこ？」

緑川の眉毛がほんの少しだけピクンと動いたのを片岡は見逃さなかった。

「いや、こういう世界ですし、そこまで確かなものは持ち合わせていませんが。まあアクティビスト（物言う株主）ファンドではなさそうです」

「へ〜意味深だね」

緑川は探るように片岡をまじまじと見詰めた。だが敵も然る者、引っ掻く者、片岡は顔色ひとつ変えない。

「あの会社の成長性はかつてほどじゃないしね。そんな酔狂な投資家がいるのかな〜」

「でも、あってもおかしくはないわけですよね」

片岡がぐいっと突っ込んでくる。

「ま、上場しているんだから、欲しければ市場で買えばいいんじゃないの。上場株の売り買いは自由だからね」

勝手に買ってもいいんだ……片岡にはそう受け取れた。

「やはり、会社は常に株主さまのためにも成長していかないとね～と思うんですよ。もちろん、お客さまのため、従業員のためが大前提ですが。はっははは」

こいつ何を企んでいるのだろうか……緑川は笑いながらも神経をピーンと尖らせた。

■五月三十日
「室長ちょっといいですか」

トイレから戻ってきた谷藤に笹本が呼び掛けた。

「実はちょっと小耳に挟んだのですが、マイケルがなんらかの資本提携を検討しているとか」

「えっ！　どういうこと？」

ちょっとここでは……と谷藤は近くの空いている会議室に笹本と共に入った。

「どこかは分からないですが、どこかがマイケルを傘下に入れようとしていて、佳山社長はそれを密かに進めさせようとしているんじゃないかって。その準備のために〝成長戦略づくり〟の議論をやっているとか」

笹本はさらっと説明した。

「で、情報源は？」

すでに谷藤の目が厳しくなっている。

「マイケルの企画室にいた某から聞いたんですがね。その某は三か月ほど前に辞めてるんですけど、その後も情報が入ってくるようで。彼からです」

「直接聞いたのか？」

「はい、私も彼とは以前から親しくしていましたので、その後どうよってことで近況報告会というか、要は久しぶりに再就職お祝い会として一緒にゴハン食べたんです。そしたら、こんな話があるらしいけどキタハラは知っているのか？って聞かれて……」

笹本は感情を顔に出さない男であるのだが興奮している。

「ほ〜、それはすごい話かもしれない」

「彼はマイケル関西支店の人から聞いたらしいです」

「それが本当ならただ事ではないぞ」

なにが起きようとしているのか……見当がつかない。

「分かった。このことはこの場限りにして取り扱いには注意を頼む」

谷藤はどっかと椅子に座り直し両腕を組んだまま両目をつぶった。さて……と。

社長秘書の飯田に電話を入れた。

「緑川社長は今どちらに？」

「はい、いまお客さまがお帰りになったところです。この後は一時間ほど空いていらっしゃいます。どうされます？　谷藤室長」

「分かった、それではいますぐ行きますので少しだけお時間をください。ちょっとしたご報告です」

「承知しました」

　飯田には谷藤の声がいつになく怖く感じられた。


　社長室に入ると谷藤は笹本から聞いた話をかいつまんで説明した。

「なにっ！　すぐ野島に聞いてみよう」

　緑川はポケットから携帯電話を取り出して野島を呼び出した。

「おい、佳山が変な動きをしてるのか？」

「は？」

　突然の突っ込みに野島は戸惑った。なんなんだろう……ひょっとしてあれか？

「は？じゃないよ。どこかがマイケルを傘下に入れようとするのを推進しているという噂があるが本当か？」

「いや……」

「ナンなんだ。言いにくいのか。ということは、何かあるんだな」

相変わらずの強引な迫り方だ。

「いや、それはちょっと……私はなんとも……」

「バカやろう！　とにかく今晩、例の店に来い。いいな！」

「はい、その……」

「なんだ！　オレが来いと言っているんだ。来いっ！」

またこっちの都合はお構いなしかよ。

「はい、分かりました」

野島はそう言うしかなかった。

26 反撃

■五月三十日夜
その夜、野島は重い足取りで緑川に指定された店に着いた。

「この店でマイケルへの転出を告げられたのだった」……そんなことを思い出しながら暖簾をくぐると女将がにこやかに迎えてくれた。

「野島さまですね。いらっしゃいませ」

さすがに客商売である。顔を覚えているのだろう。

緑川はまだ到着していないようだ。

例によってギシギシと音をさせて階段を昇り二階の部屋に通された。

座椅子に座ってみると、この一年余りの事がいろいろと思い出される。

ひどいところに来てしまったと思ったが、現場に近いということからの面白さをようやく見いだしてきた気がする。そして、権力闘争めいたことも垣間見え始めている。これでいいのだろうか……最近は自分のこれからの生き方を改めて考えてしまう。仕事にかまけてきただけだった。プライベートのことも含めて……。

あ〜あ〜……座椅子に寄りかかって大きく伸びをした。

すると、程なくしてギシギシと階段を上ってくる音がしてきた。

緑川が到着したようだ。野島は姿勢を正して襖が開くのを待つことにした。

「お〜すまん。待たせたな」

襖が開いて大きな声とともに緑川が現れた。

「あっ、今日はありがとうございます」

面倒なことを言われるのだろうから、〈何がありがとうございますだ〉……と内心では思いつつも違ったことを口にする。会社勤めにはこれも大切なことである。

「まず、一杯いくか」

緑川が言ったのに合わせ、野島がしっとりと汗をかいた瓶を持ち上げ緑川のグラスにビールを注ぐ。そして、今度は緑川が別の瓶を持って「まあまあ」とか言いながら野島のグラスに注ぎ返す。この〝儀式〟を経ないと本題に入れない。

女将が料理と焼酎のセットを運んできてテーブルに並べ終えると「ではごゆっくり」と言って下がっていった。

「で、佳山は何をしようとしてるんだ？」

刺すような目つきの緑川から直球が飛んできた。

「いや、あの……」

グラスからビールをゆっくりと飲んで時間を稼いだ。

核心を突かないまでも少なくとも周辺部分は話さざるを得まいか……。

「はっきり言えよ」

かといって洗いざらい話すのもどうかと思う……難しい立場だ。

「資本提携したい、株を持ちたいという会社が現れたようでして」

野島はビールを空けたグラスをテーブルに置くなり言った。

「それで？」

緑川が促した。

「マイケルとの事業上の相乗効果も狙えるだろうということらしいです」

「どこだ」

先付をむしゃむしゃと食べるスピードが上がっている。

「ハッキリはしていないのですが家電の量販会社らしいです」

「ん？　家電量販？　どこだ、言え！」

緑川の箸が止まった。

「カワムラ電機と聞きました。中国資本が入ったりして、さらに積極経営らしいですね」

野島が様子をうかがいながら言うのを聞いて緑川は天井を見上げた。

この部屋は狭い正方形の部屋で申し訳程度の小さな窓が表通り方向に開いている。その窓からトラックらしき車が通り過ぎていく音が聞こえてきた。

すると、軽く下唇を噛んで上を向いていた緑川が口を開いた。

「カワムラか……面倒な相手だな。しかも佳山が手引きをしているとなると……で、どうやって取得するというんだ。キタハラとしては何も聞いていないぞ」

「外資系の証券会社がM&Aアドバイザーとして動いているらしいです」

「外資系の？」ひょっとして……。

天井を向いた緑川の顔がゆっくりと向き直り目をクルッと回した。

「心当たりがありますか？」

「ああ、片岡修平が来た」

それを聞いて野島は唸るように「う～ん」と声をあげてから言った。

「覚えています。以前、キタハラにいた時に会ったことがあります。たしか、投資銀行部門のマネージングディレクターでしたか。私は名刺交換くらいだけでしたが」

「そう、その片岡だ。あいつ、時々オレのところに顔を出して来るんだが、四、五日前〈マイケルに興味を示している投資家がいる〉と思わせぶりなこと言っていたな～あれか？」

緑川は自分に再確認させるようにゆっくりかんで含むように話した。

「えっそんなことがあったんですか」

そうか、これで繋がる！

「それは意味深だけど感触探りですよ。そういえば、調べてみたんですけど最近のカワムラ電機のM＆A買収案件はその片岡のいる証券会社が取り扱っていますね」

緑川は眉間に皺を寄せ両腕を胸の前で組んだ。

「で、社長はなんとおっしゃったんですか？」

「上場している会社なんだからその株の売り買いは自由だと言ってやった。それ以上も以下もない。それだけだ」

そりゃそうだが……向こうは進めたい一心だろうから、ＯＫサインと解釈されても仕方がない。

野島の「あ～あ」という気配を感じ取ったのだろう。

「とすれば、〝場〟で買いまくってくるのか？」

緑川が身を乗り出してきた。

「さすがにそれはどうか……」

そう言ってから野島はグラスのビールを飲み干した。

「ＴＯＢを仕掛けてくるんじゃないか。それとも新株を大量に引き受けてウチの比率を大幅に下げさせるということもありか。どっちにしてもこれは乗っ取りだ」

目の前の緑川の息遣いが荒い。興奮というか怒りのボルテージが上がってきている。深呼吸をしているのだろう、両肩が上下しているのが分かる。

野島は迷ったがここまで来たら言わざるを得まい。

「仮に、仮にですよ、そうなった場合、キタハラはどうするのかです」

「そりゃ、意地でも売りたくないな～」

そう言って座椅子の背もたれに寄りかかった。

「ただ、ＴＯＢをかけられた場合、止めようがないことも事実です。現在は買収防衛策を導入していないし、キタハラ化成の持ち分は二十六パーセント、北原家の持ち分を併せても三十五パーセントでは如何ともしがたい。浮動株が多いので、過半数以上取得は十分に視野に入ってくると思われます」

当時つぶれそうだったマイケルは北原英治が資本参加を決めキタハラグループの一員になった。そこへ佳山が社長として派遣されたが、北原英治の信任も厚く特段にキタハラからのグリップを効かせる仕組みがなくても十分に求心力が働いていた。そういう経緯もあって、上場時にキタハラの持ち分を放出し持ち株比率を減らしたが、その後、一時キタハラが業績悪化した際に、さらに持ち分の一部を売却して現在に至っている。また、買収防衛策の導入などはあえて想定しないままでいた。

「そんなことは分かっている。しかし敵対的ＴＯＢを強引にやると世間の批判を浴びるぞ」

「向こうはそんなこと気にもかけないと思います。最近は風潮も変わってきています」

緑川は黙ったまま刺身を醤油につけて食べ始めた。

「それともＴＯＢではなく、新株を大量に引き受けて筆頭に躍り出るということで来るかもな。これはこれでハードルは低くないはずだが」

ぽつりと緑川が言った。緑川なりに高速回転で考えを巡らせているのだろう。

しばらく沈黙が続いたが、野島は話題を変えることにした。

「株主提案までしたそうですね。取締役を送り込むと」

「どうだ、驚いていただろう」

してやったりと、ドヤ顔を見せつけられた。

「そうですね。でも、追い込んじゃったのかなという気はします。佳山さんを」

「どういう意味だ？」

ドヤ顔が一変して厳しい顔になる。

緑川も社長になって自信をつけてきているので力で押していくことを覚えてしまった。他方、佳山は佳山でマイケルを立て直した上で成長をさせてきたという自負、そして権力への執着が湧いてきて簡単に緑川の意のままになるつもりはない。せっかく出来上がってきた自分の〝城〟を勝手にさせない……この両者の意地のようなものがぶつかっていることが根底の原因となってしまったのだ。

「〝窮鼠猫《きゅうそねこ》を嚙《か》む〟ってことも。緑川社長は佳山社長とは相性が悪いから……」

「フン。それはお互いさまだ。バカなことを言うな」

緑川が持っていた箸を箸置きに叩きつけた音が鈍く響いた。

「佳山社長を解任したらよかったのではないのですか。どうせならそこまでやればいいのにと思いました」

野島は緑川の反応を確かめたくなり、あえて無表情に言った。

「そうあっさりはやらないさ。佳山に対してはもっとじりじりとが効くと思ってな」

そう言うとしばらくの間、二人とも無言が続いた。

「私的にだけ申し上げれば、捨て舟みたいに扱われていたMヘルスケアプロダクツ本部の仕事にようやく光を見つけたような気がしてきてなんとか面白くやらせてもらっているのに……

という感じです」

「つまらん。今はもっと高い次元の話をしている」

不愉快だという顔をして緑川が野島をジロリと見る。

対する野島は〝つまらん〟〝高い次元〟……その言葉に反応し左の眉毛がぴくっと動き硬い愛想笑いを浮かべた。

すると「でもこの際だから」との思いがムラムラと大きくなり、気がつくと言葉が出てきていた。

「いや、高い低いという問題じゃなくて……結局のところ、経営というのは稼げるようにすること、それも継続して稼げるようにする。しかも大前提として、関わるメンバーが面白く意気に感じる仕事をやっていける毎日にすること、それが今の私の役割だと思ってのことでして……」

緑川は右手に持ったグラスを少し振って氷をカランコロンとさせながら野島の言い分を黙って聞いていた。

「おまえ、少しの間に成長したな」と緑川が口にした。

だが〝偉くなったもんだな〟とは言わなかった。

以前ならこんなことを言えば、一発で怒鳴り返されたはずだ。

「いえ、恐れ入ります。毎日を精いっぱいに悔いのないようにやっていこうと、それだけです。これでも最近は私なりに面白くなってきていまして……」

野島は精いっぱいに笑った。

「とにかくだな、佳山に自由にさせるなんてとんでもない。キタハラグループはオレが仕切っているんだ！」

そう言って緑川はグラスの焼酎をゴクリと飲み干した。

緑川も佳山も追い求める企業活動の〝目的〟が少しズレてきているのではないか。やはり権力やカネを手にすると人は変わってくるのか……野島にはそう感じられた。


さて、自分はどのような選択をしたらいいのだろうか……。キタハラに帰任することになったとしても、もう緑川の下ではやれないだろう。むしろ「もういいや」という気持ちが大きくなっている。

緑川から「おまえ、成長したな……」と言われた。ここは次のステップに移る岐路だと解釈するべきなのだろう。いずれにしても、Mヘルスケアプロダクツの仕事を自分の手で形にしてみたい……世の中を変えることができるくらいのビジネスになると思う……それには……。そんなことが野島の頭の中をぐるぐると巡っていった。

Point 「度量」のリーダーへのポイント④

「ときに自分の来し方行く末を考えることは、次へのステップのためにも必要なことである」

座椅子に座ってみると、この一年余りの事がいろいろと思い出される。ひどいところに来てしまったと思ったが、現場に近いということからの面白さをようやく見いだしてきた気がする。そして、権力闘争めいたことも垣間見え始めている。これでいいのだろうか……最近は自分のこれからの生き方を改めて考えてしまう。仕事にかまけてきただけだった。プライベートのことも含めて……。

あ～あ～……座椅子に寄りかかって大きく伸びをした。

〈緑川の到着を待つ間、一人で思う場面〉

※本文194ページより

「経営とは事業を永続すること！　次の世代へ繋げていけるか。そして、その前提として今のメンバーが意気に感じる仕事ができているか？」

「いや、高い低いという問題じゃなくて……結局のところ、経営というのは稼げるようにすること、それも継続して稼げるようにする。しかも大前提として、関わるメンバーが面白く意気に感じる仕事をやっていける毎日にすること、それが今の私の役割だと思ってのことでして……」

緑川は右手に持ったグラスを少し振って氷をカランコロンとさせながら野島の言い分を黙って聞いていた。

「おまえ、少しの間に成長したな」と緑川が口にした。

だが〝偉くなったもんだな〟とは言わなかった。以前ならこんなことを言えば、一発で怒鳴り返されたはずだ。

〈緑川に不満を述べる場面〉

※本文201ページより

第五章　「どうする」と悩む

27 取締役会

■六月六日

六月に入ってそろそろ梅雨入りかという季節が始まろうとしていた。

取締役会が開かれるこの日は朝から雨模様である。出席者は湿気の多さに閉口しながらマイケル本社オフィスの役員会議室に集まった。

「それでは、定足数を満たしておりますので取締役会を始めます」

佳山の議事進行で通常の議案がこなされていく。

用意されていた議案が終わったところで、佳山が「追加議案があります」と言い出した。

出席者は一斉に議長席の佳山を見る。

「実は、当社の株式を取得するべく公開買い付けを行いたいとの申し入れがきております。相手は、カワムラ電機株式会社。期間は来る六月十一日〜七月十日の予定。取得の下限が五十一パーセント」

ここまで言って出席者を見渡す。

佳山には緑川の表情が気になる。緑川が黙って聞いているのを確かめると再び説明を続けた。

「近年、同社は当社の製品をプライベートブランドとして扱いを増やしてきています。その取り扱いの継続的拡大、そして今後の新サービスの共同開発を進めることを狙いとしての資本提携ということになります。私は社長として、新しい成長に向けての戦略的な取り組みを進めるという観点からこの申し入れを受け入れるべきと考えます。詳細は次のとおりです。画面をご覧ください……」

一気に説明する。

「つきましては、取締役会として賛意を示したく皆さまのご意見をお聞かせください」

佳山の説明が終わると室内はシーンとなった。

誰かの椅子がほんのわずかに動いた音をきっかけに、この張り詰めた空気の均衡が壊れた。

「TOB?」

緑川が切り出すと全員の顔に緊張の色が走った。

「マイケルはキタハラ化成の堂々たる関連会社という位置づけになっている。実質三十五パーセントの保有だ。それを一方的にＴＯＢをかけてくる……意味が分からない」

緑川は世間から批判されるかもしれないＴＯＢよりも、第三者割当増資で新株引受をするというシナリオが第一案だろうと想定していた。もちろん法的なハードルがいくつかありそうなことや資金需要などの問題が残ることは前提にしたうえである。

実は野島から話を聞き出した翌日、顧問弁護士を呼び出して意見交換をやった。その席で顧問弁護士からは「向こうも上場会社なんだから、いくら何でもこのタイミングでいきなり経営権の奪取を企図した『第三者割当方式』はやらないだろう」と断言されたのだ。

しかし、緑川は相手が〈業界の暴れん坊〉との異名のあるカワムラ電機だとすればそれくらいのことは進めてきてもおかしくない……そんな気がしていた。しかも片岡がエージェントとして動いている。だから佳山の口からＴＯＢと聞かされたので意外に思ったのである。

「ですが、新しい成長シナリオを描くようにとおっしゃったのはキタハラの社長である緑川取締役です。その意向にも応えられると思いますよ」

佳山にしてみればここは勝負どころであり簡単には引き下がれない。

「そういうことではない」

自分の発言を逆手に取られたようで緑川は憮然とした。両頬を膨らませている。

しかし佳山は構わず反論する。

「私としてはカワムラ電機との包括的協業関係の構築は当社の今後の成長に必要なものと考

えます！」

「取得目標が五十一パーセント以上ということは、カワムラの子会社になるということだ。あそこは厳しい統制で有名なところと聞く。アイデアで市場を開拓してきたマイケルの気風が維持できるとは思えない。皆さんはそれでいいのか？」

佳山と緑川以外の取締役と監査役の発言がないので緑川はそれを求めるように皆を見渡した。しかし誰もが黙ったままだ。

佳山の発言が続いた。

「しかし、われわれが反対したところでカワムラがTOBを実施して分散している一般株主がそれに応じたとしたら止めることはできない。それを所与のこととして今後のことを前向きに考えていくべきと考えます」

佳山がそう断言したので緑川は即座に反応した。

「認めない。佳山社長、あんたは向こうと意が通じているのか？」

佳山が緑川の発言を聞き流したのを見て緑川は、ここそはと長谷川の発言を促した。

「長谷川取締役、社外取締役としてどうお考えになるか？」

急に当てられても……と長谷川は戸惑った。

「いや、急なお話で私としてはなんと言っていいのか適切な情報を持ち合わせない。ただ、一般論として敵対的TOBへの抵抗感は昔ほどではなくなったとはいえ、やはり経営陣だけでなく社内、それから取引先への影響も大きいのでコンセンサスを取っていくことが重要ではないかと思います」

長谷川の発言は緑川のいら立ちを誘った。

「長谷川取締役は、反対なのですか？　賛成なのですか？」

「なんとも言いかねます。今の段階では情報が少な過ぎる。ただ、双方合意が望ましいとは思います。敵対的なのはいろいろと」

実は二日前に長谷川は佳山から事前に打診を受けていた。社外取締役に対して理解を求めるとともに賢明なる意見を期待してのことである。

しかし、長谷川は迷った。正直どうすればいいのか言いかねる、社外取締役としてここはどう振る舞ったらいいのだろうか……もっと言えばどちらが自分にとっても有利なのか……分からなかった。

すると、助け舟のつもりだろうか横田が口を開いた。

「カワムラも上場会社です。変なやり方はしないと思われます」

「どうしてあんたがそれを断言できる。横田常務、無責任なことを言うんでない！」

緑川がピシャリと言い放つと、横田はたちまちにして背中を丸くして押し黙ってしまった。余計なことを言わなくてもいいのに……横田は一瞬にして縮みあがる。緑川が机をバンっと強く叩いた。大きな音が部屋に響き渡ったがそれでも佳山は動じない。

「マイケルはキタハラの関連会社ですが独立した上場会社であることも事実です。いくら大株主だからといって一方的にダメ、ダメはない」

収拾がつかない状況になってきた。

少し空気が落ち着いてきたのを見計らって緑川が言った。

「しかしね、カワムラは正式には何も出していないんだ。その後の扱われ方だって具体的なことは聞かされていない」

「それは……まあ、そうです」

「TOBは敵対的であれ友好的であれ、まだ向こうは動きを始めると宣言を公表したわけではない。賛意を示すにしても拒否声明を出すにしても、発表されてからで十分ではないのか」

「……」

「なので、今日はこういう話が寄せられているという報告事項でいいんじゃないか。公表がなされるかまたは公表が固まってから臨時取締役会を開くということで。どうですか？　皆さん」

横田も高阪もダンマリを決め込んでいる。

猪又がここでポツリと呟いた。

「それでよろしいんじゃないのですか。私もよく分かりませんので、今日この場で賛否と言われてもなんとも申し上げようがないというのが正直なところでして……」

佳山が「ん？」と言ったが、猪又は聞こえなかったのかそれ以上は続けなかった。

すると今度は緑川が野島に発言を促した。

「野島専務は？」

「はい、私も猪又取締役と同感です。まだ正式には何も出ていません。時間はそんなにありませんがそれまでにいろいろとシミュレーションをしてみるというのがいいかと」

それを聞いた緑川は「ほら」と呟き頬をほんの少しだけ緩めた。

「そういうことでいいんじゃないか」

緑川のこの一言で議論終了の雰囲気が広まった。

猪又は表情を変えていないが、横田も高阪も硬い表情が抜け腑抜けのような顔になっていた。

「分かりました。それでしたら今日は」

佳山がそこまで言いかけると、緑川が「ちょっと」と手を上げた。

「佳山社長、キタハラから出されている株主提案の扱いはどうするんですか？」

「いや、その〜あれは検討中です」

「検討はないでしょ、法的には有効なはずですよ」

「はい、お預かりしております」

「そう、では株主提案は株主提案として受ける。それとも内容を踏まえて取締役会提案を考える、どちらですか？」

「それも含めて検討します」

「必ずですよ、佳山社長」

佳山がやむなく頷いた。

「カワムラ電機からＴＯＢの発表が遅くとも一週間以内にはされるだろうと思われますので、追って本議案についての取締役会を開催することをご了承ください」

佳山の宣言でようやく取締役会は終了した。

28 表決

翌六月七日の夕方、野島のスマホにコール音が鳴った。

着信画面で緑川からとの表示を確認すると野島は一人で隣の会議室に移った。

「はい。野島です」

「お～オレだ。昨日の件だがな。票読みをしてみたい」

票読み……やはりそう来るよな。

「猪又と長谷川はどうだ？」

腰巾着の横田は当然賛成だろう。高阪はキタハラ出身だがいまさら戻ることもないし自分の将来のことを計算してカワムラ電機に賭けようと賛成に回る。なので、横田と高阪は佳山との同一歩調以外はあり得ない。すると猪又と長谷川の二名そして野島が緑川方につけば三対四で賛意表明は否決されることになる。野島も旗幟を鮮明にすることを迫られるということだ。

「はい、何とも言えません。猪又は迷っていると思います。彼の気持ちは反対に回りたいけどそこまで踏み込めるかどうかというところかと」

普段からなかなか本音を出さないので読みが難しいが、実のところ猪又としてみればどうしていいのか分からないのではないかと思う。

「長谷川は？」

「長谷川さんは、お立場上からは利害というよりも手続き的に適切かどうか……が優先でしょう。が、買収防衛策が導入されていないという現実から考えると反対する理由が立たないのかと思います」

実は昨日の帰り際、長谷川からコーヒーを誘われ近くのカフェで話をしたが、反対するつもりがないとの感触を得ていた。今のマイケルはカワムラ電機の方が親和性があるのではないかとまで言われた。さらに、カワムラの傘下になれば当面はいいとしても佳山は近い将来には退任させられるだろうが、就任の経緯から、その時までは付き合うつもりだという。取締役任期の二年が終わる来年が一つの節目と見ているようだった。

そう言われてしまっては野島も反論しがたい。ただ、その親和性という観点からMヘルスケアプロダクツ本部のビジネスを考えるといささかの不安が残った。

「そうか……」

しばらく沈黙があった。野島も無言のままだ。

「おまえは賛成に回れ」

緑川がキッパリと言い切った。

「えっ！」

どういうことだ。自分が難しい立場にいることには違いない。キタハラから来たという経緯からは反対票を投じざるを得ないのが流れだ。しかし……？

「いい。反対はオレだけになるかもしれないがそれでいい。取締役会として賛同表明があろうがなかろうがＴＯＢは実行される。カワムラは敵対的でもやる覚悟なんだろう。そういう相手だし佳山が通じて手引きをしているのだったらなおさらだ」

「それはそうですが……」

「ならばＴＯＢ成立後のことも考えれば、おまえは賛成に回った方がいい」

「はあ……？」

どういうことだ。あんなに「佳山の勝手にはさせない」と言っていたのにカワムラの傘下になるのを認めるのか。

「あとはキタハラがＴＯＢに応じるかどうかだ」

「応じるのですか」

　そこが肝心なところとなる。

「いや、迷うね。でも値段次第というところはあるけどな。元はといえばウチとしてはマイケルはグループから離すつもりだった。そう遠くない将来、マイケルはアイデアも枯渇しにっちもさっちも行かなくなるはずだ。競争も激しい。佳山の知らないところで現場は追い詰められているんじゃないか。だから、考えてみればいま手放せるのは好都合ともいえる。ただ、佳山にいい思いをさせるのが小癪《こしゃく》なだけだ。佳山の奴、キタハラはどうせ売却しないと踏んでいるだろうからな」

　売却しないとすると、実質三分の一以上の比率なので辛うじて重要事項への拒否権は持つことにはなるものの経営の主導権は持てない。第二位の株主でありながら事実上はデッドストック化する。そして、当然のことながら上場の維持は難しくなる。

　もちろん、三分の一以上を持つ第二位株主としての戦い方はある。だから諦めるのは早いのかもしれないではないのか……野島はそんなことを思っていた。

　数秒の間が開いた。

「とにかく、臨時取締役会ではおまえは賛成でいい」

「やはり持ち株は売る方向になりますか」

　取得の下限を五十一パーセントとしているのだから、キタハラが応じなければ、成立しない可能性だって考えられる。でも売るのか……いろいろなことが頭の中でぐるぐる回り始めていた。

「まあな。ジックリ考えるよ」

そう言って緑川は電話を切ったが、野島には緑川のクールな声が印象に残った。

■六月十日

臨時取締役会がマイケル本社会議室で開かれた。

ただ、この日は猪又が欠席となっていた。昨日から高熱と頭痛が続きとても出席できる状態ではないというのが理由である。事務局からはテレワーク参加も勧めたのだが、それも無理ということらしい。逃げたか、怪しい……だが本人がそう言っているのだったらそう思うしかない。

「それでは、一名欠席ですが定足数は満たしていますので臨時取締役会を始めます」

佳山の宣言で始まった。

議案は「意見表明報告書」を賛同で出すのかということ一点のみである。

緑川は席に着くとすぐに目をつぶってしまったのが横田にも高阪にも不気味であった。

佳山から詳細の説明が始まる。カワムラ電機が今日にもTOBを発表するということであった。

そしていよいよ採決に移る。

佳山、横田、高阪、長谷川、野島が賛成に回った。

緑川一人が落ち着いた声で淡々と発言した。

「君たちは本当にそれでいいのか。カワムラ電機を悪く言うつもりはないが、体質が違い過ぎないか。カワムラの下では今のような自由はなくなるぞ。私は強く反対する！」

賛成五、反対一、欠席一で〝賛意表明〟することが決まった。

「ありがとうございます」と佳山が頭を下げると、続いて緑川が何を言い出すのか皆の注目が集まった。

「決したのならあとは佳山社長の責任で進めればいい」

絞りだすような声で緑川が言った。怖い顔だ。

「キタハラはＴＯＢに応じるのでしょうか？」

横田が余計なことを質問した。

「未定だ！」

憮然とした様子でそう言う緑川に向かって佳山は起立し黙って深々と頭を下げた。

今日の夕方にはカワムラがＴＯＢを発表するだろう。そして、マイケルも「賛意」のプレスリリースを出す。キタハラが自分の持ち分をどう扱うのか……が残った。

佳山は片岡から「キタハラは間違いなく売却しますよ」と言われていたが、「もし、キタハラが応じなかった場合は……」との不安が消えなかった。

この日、野島は疲れて早く帰宅した。

五月三十日以降、定時取締役会、臨時取締役会、そしてTOBの発表と悩ましい問題に引っ掻き回されてしまい、Mヘルスケアプロダクツ本部の業務はどうしても片手間のような感じになってしまっていた。

TOBの発表、そしてそれへの賛意表明の発表によって取引先からの問い合わせが押し寄せた。クライドスター社の一件の時のような取引先離れを発生させてはいけない。

野島もその対応に時間を割かれ疲労困憊となっていた。だから、久しぶりに早く帰って休みたかったのだ。

「お帰りなさい」

マンションの部屋のドアを開けると未沙の声がした。

「おっ、来てたのか」

「来てたのかはないでしょ。メール入れたじゃん。定期巡回よ」

野島はスマホを取り出して確かめる。メールに気がつかなかったのだ。

「お〜あった、あった。気がつかずにスマンな」

誰もいない部屋で休むより娘の声を聞けるのは心が休まるというものだ。ちょっとうるさいところは母親譲りなのかもしれないけれど未沙ならば許すか……これはこれでいい。

さっとシャワーを浴びてリビングに戻る。

「ビール飲むぞ。未沙はもう飲める年になったんだったよな。付き合え」

「はいはい、お付き合いいたします。わたしは梅酒で」

なんのかんの言って幸せなのだと思う。いつまで続くのかは分からないけれど、まあそんなことは今この瞬間が幸せならどうでもいい。

野島は冷蔵庫を開けて缶ビールと梅酒を取り出しテーブルに置いた。

一緒に飲む。あ〜うまい。

すると梅酒を片手に持ったままの未沙が口を開いた。

「そうそう、パパの商社時代のことを聞かされたっていう先輩がいてね。昔のパパって頑張ってたんだ」

「えっ、そりゃそうだぞ。でも、誰だ？　そいつ」

「パパが昔いた商社に勤めている先輩がいてね、その上司がパパの同期なんだって」

「え〜どいつだ〜？　パパだってちゃんとやっていた好青年だったんだぞ。まっ失敗もいろいろあったけど」

ククク、未沙が屈託なく笑って梅酒をふたたび口にした。

「おい、待てよ、その先輩って？」

えっ？

「まさか彼氏か？」

「いやだ～そんなんじゃないよ。大学のテニスサークルの先輩だってだけ」

「おい、変な奴に引っかかってんじゃないだろうな。パパが見てやるぞ！」

「はいはい」

ちょっとあきれたふりをされつつの軽いやり取りだが一抹の心配とともに少しの幸せ感を覚える。「パパ大好き」……そう言って擦り寄ってきた幼い頃の未沙の顔が浮かんできた。

29 虎の威を借りる狐

■六月十二日
野島のスマホに経営企画室長の谷藤から「キタハラがTOBに応じることになった」と連絡が入った。

「緑川社長から野島さんにお伝えしておくようにと、ご指示がありましたので……全株です」

いわば外圧がきっかけとはいうものの、緑川はキタハラの保有するマイケル株を手放す「決意」ができたのだ。

「そうか……」野島はそう言うだけで、補足の説明をする谷藤の声を適当に聞いていた。

もともと二年前、グループから切り離すということで準備を進めたことがあり、野島もその作業に加わっていた。だから当初の方針どおりといえばそのとおりではある。しかし当時、売却準備を進めている最中に佳山の不手際で幻に終わったという経緯があった。当時の佳山としてはグループから離れるという「決意」ができなかったのかもしれない。ならば……ということで緑川はグループの一員としての経営を強く求めた。こうした経緯の結果発生していった緑川と佳山の思惑違い、自己保身、権力欲などが絡み合っていたところを外部から付け入られたということになる。

直近までのマイケルの株価は当時の価格より下がっていたものの、今回のＴＯＢ価格が高く設定されたので結果的にはキタハラとしては損な話ではない。緑川は感情論には封をした上で「売り時」と算盤勘定をしたのだろう。

緑川という男は損得を第一に重視する男だ。あの昵懇《じっこん》のコンサルタントあたりから何か情報を得たのかもしれない。マイケルの事業に影響を将来与えかねないこととか……。これまでもあのコンサルタントは不思議な情報を緑川宛てに直接持ち込んできていた。どこからネタを得てくるのかと感心する。一部には怪しげな筋とも接点を持っているのではないかという噂もあった。だから、佳山の弱点とかマイケルの何らかのネタを見つけていることはあり得る話である。

そういえば、昨日、緑川の今後の予定を聞こうと秘書の飯田に電話を入れた際「いま、緑川社長は来客中です」と言っていた。野島がカマをかけて「またあのコンサル先生かな?」と投げかけてみると飯田は笑うだけで否定しない。経営企画室時代に飯田とは仕事上で頻繁に接点があったことからその声で雰囲気が想像できる。「やはり……」野島はそう思った。

「で、株主提案は?」

野島は努めて平静を保ちながら谷藤に尋ねた。

「あっ、あれですか。もう必要ないことになりますので取り下げました」

谷藤のあっさりした言い方が妙に響く。

そうなのだろうとは思う。でも何なんだ、この一連の騒動は……。緑川と佳山の確執のはざまで翻弄されたということじゃないか。野島は無性に腹が立ってきた。

「グループ会社が一つ減りますが、その分まとまったキャッシュが入ります。簿価が安いので今期は大きな特別利益ですね。緑川社長も、離反されたということでは負けたが実利で勝ったとおっしゃっています」

谷藤が説明を続けた。

油断ならない奴というストレスから解放されるのだから、緑川としては悪い気分ではないはずだ。しかも売却に伴ってキャッシュが入り別方面の投資にも回すこともできるので対外・対内の説明もつく。それはそのとおりなのだが、野島にはどうも割り切れないものが残る。

「野島さんも役員会でＴＯＢに賛成されたようですし、マイケルそのものがキタハラグループではなくなりました。残念なことですがグループ外ということで〝他所の人〟になってしまいますけど、私はご健闘をお祈りしていますから。陰ながら」

電話の向こうで谷藤のにやけた顔が見えるような気がした。

会社勤めの身には異動・転勤はつきもの。そのたびに自分の仕事を後任者に引き継いでいく。ただ、後任者からすれば前任者のことが得てして煙たいものである。後任者が頼りないときや前任者の評判が高ければ高いほど、その呪縛に縛られる。谷藤はスカウトされていきなりあの緑川の側の要職に就いたのだから、戸惑いも多く不利になるのは同情する。古巣から野島に聞こえてくる噂では、谷藤はいつも比較され緑川から厳しく当たられているらしい。谷藤にとって野島が潜在的に苦手な存在に映るのは仕方がないのだろう。

しかし、その野島はもうキタハラには戻ってこない。谷藤がにやけるのも然もありなんである。「虎の威を借りる狐」……と野島は心の中で呟き「哀れな奴」と思った。

と同時に「緑川社長は最初から私を遠ざけたくてマイケルに転出させた。そして今回の一件に乗じて、それを確実なものにしたということではないのか。〝出る杭〟〝うるさい〟と見なされていたということだ」……野島は谷藤からの連絡を聞いていてそう確信した。

そういえば、緑川からはその後、電話の一本もない。「普通は寄こすだろうに。これだけのことがあったのだしな。冷たい人だ」……だからといって野島から連絡を入れる用件もないし、いまさらゴマをする気にもならない。ムカつく気持ちだけがシコリのように残った。

マイケルはTOBによってキタハラグループから離れることになった。だが、佳山の本音ではキタハラには第二位の大株主でそのまま残っていてほしいという気持ちがあったのではないか。キタハラの支配からカワムラ電機の支配に取って代わられるだけでは、また厄介なかじ取りを迫られることになる。だから佳山としては一定の抑止効果をキタハラに期待したかったのではないか。「昨日の敵は今日の友」みたいな……。ところが緑川にあっさりと切って捨てられた。佳山にとっては一転してカワムラ対応が心配の種になっていくに違いない。

一方の野島にとっては今後のマイケルでの立ち位置を模索することが必要になった。

Mヘルスケアプロダクツ本部の内容は随分よくなってきている。表面上の数字だけではまだまだだが、もう少しでコンテンツ配信事業も大きなものが見通せる。これからの時代は想像を超えるデジタル化が進行することは間違いない。その本格的ネット時代のニーズにも応えプラットフォームとしての広がりへの期待やデータを活用したマーケティング支援といったビジネスへの展開も視野に入ってくる。野島は自信と確信を感じ始めていた。

「せっかくここまで来たんだ、大きな事業に育て上げ一度は自分にとっての〝城〟にしてみたい」「緑川や佳山を唸らせてやろうじゃないか。その後は、その後の道がひらけるというものだ」……そう思うと美馬以下のメンバーの顔が野島の頭の中に浮かび広がってきた。

30　潮時

マイケルの株主総会が終わった。

緑川が退任して代わりにカワムラ電機の会長である河村圭造が取締役に、そして常勤監査役がカワムラから派遣された一名に交代した。

「河村会長からは、今までどおりどんどんやってくれと言われている」と佳山は明言する。当面は泳がすのだろう。が、すでにカワムラ電機が過半数を握ったのである。

確かに総会終了後、初の取締役会で河村はそのようなことは言っていた。ただし、次のようなことも付け加えるのを忘れていない。

「儲からんビジネスはあかん。ぜ〜んぶの要素の結晶体が利益や。知恵、絞って、なっ」

利益の出ないビジネスは駄目……それはそのとおりであり異論はない。

しかし……Mヘルスケアプロダクツ本部のビジネスについて理解してもらえるだろうか。

屈託のない笑みで好々爺然《こうこうやぜん》の風貌だが、叩き上げの強い意志を感じさせる発言を聞かされて野島は一抹の不安を拭いきれなかった。

「本部長、ちょっとよろしいですか」

美馬、合田そして井村が野島の席にやって来た。

「本当に大丈夫なんでしょうか」

合田が手にしていたタブレットを野島に見せた。そこには「蘇端集団、不正会計で副董事長逮捕か」の記事が出ていた。

蘇端集団はカワムラ電機に資本出資している中国の大手企業グループである。

「七〜八パーセントを出資しているだけだから直接の影響はないんじゃないか」

野島はそう答えたものの不安が残った。

ネット媒体の記事にこの手の話が出てくるということは、物事がかなり進んでいると思った方がいい。

「分かった。ともかくMヘルスケアプロダクツ本部の取引先には動揺させないように丁寧に接しておいてくれ」

「はい。メンバーにも本部長から直接話しかけてください。動揺が広がっては身も蓋もありませんので」

考えるまでもなくMヘルスケアプロダクツ本部は、その経営主体の変遷が続いてきた。そのたびに不安になるのが野島にはよく分かる。

独立ベンチャー企業からキタハラグループに身売りされ、マイケルに吸収させられた。そして今度は、マイケルそのものがカワムラ電機の子会社になるのである。将来の上場廃止は既定路線だろう。だからメンバーが動揺するのも無理はない。そうした中にあって、美馬や合田などの主だったメンバーが野島を信頼してついてきてくれているのが嬉しい。

「そもそもカワムラ電機はシビアだし信用できない、大丈夫かと言ってくる取引先もいます。メンバーも心配しています」

合田が心配そうに言う。

「まあ、とにかく私は全力でこの事業を守るつもりだ。だから、皆で事業の黒字化を急ごう」

野島はきっぱりと答えた。リーダーの立場にいる者がここで弱気や迷いを見せるとメンバーは一気に動揺するものである。かといって空《から》元気もすぐに見破られてしまう。

いつだったか長谷川から聞かされたことがあった。傾いた会社のトップの振る舞いは二通りのパターンがあるという。「一つは妙にハイテンション。もう一つは精神的に弱気になって傍目にも元気がない」というもの。銀行勤務時代の見聞なのだろう。野島はこれを思い出し改めて気持ちを引き締め直した。

酷暑という一言では足りないくらいの気温が続く。

真夏にビル街を歩くのはつらい。普段オフィスではラフな格好をしていることが多いのだが、こういうビル街の真ん中にある大手企業の取引先を訪れる場合は、クールビズとはいえやはり暑さを感じる服装になってしまう。クーラーの効いたビルから表通りに出た野島はむっとした空気に溜息をついた。これからこの近くにある北原次世代振興財団の事務所を訪ねることになっている。

「野島君、先日はどうも。うん十年ぶりに再会できてよかった」

小さな会議室の扉が開いて長尾有里が入ってきた。

服装のせいなのか、春に財団のイベント会場で会った時の印象よりもさらに明るいイメージである。卒業以来の再会をしたばかりだというのに、ずっと接してきたような感覚だ。

「大変だったのね。マイケルの株、売らされちゃって。キタハラグループじゃなくなったわけでしょ」

いきなり言われてしまった。

「まあ、ドタバタだった。ということでご挨拶に参上したわけです」

そう言って野島は右手で頭を掻きながら軽く会釈をした。

「私はあまり興味ないんだけど、叔父は残念がっていたわよ」

北原英治が社長だった時代に資本参加してグループに入れた会社である。愛着がないほうが不思議だ。

「マイケルは初期の目的を達しているから潮時じゃないかって。これからの行く末が気にはなるとも言っていたけど……」

経営者はそういう見方をするものなのか。

初代の北原全一郎が世の中のニーズを先取りした商品開発でキタハラの礎を築いたのだが、全一郎の急逝後その実弟の北原英治が二代目社長に就くと資本市場を活用して膨大な資金を調達し企業買収を繰り広げ今日のキタハラグループへと大きくしてきた。北原英治は緑川に後を託して一線から退いたものの非常勤とはいえ取締役に名を連ねていて関心がないはずはない。オーナー経営者とは、人生を賭けて自分の価値観を世に問い続けていくものだからである。

「なるほど、やはり慧眼《けいがん》の持ち主なんだな……」

「父は技術畑の人だったので叔父とは正反対。でもこの兄弟の組み合わせがすごいってことなのよね。この年になってそう思うのよ」

「有里さんも将来は後継者だ」

北原英治には子供がいなかったはずだ。姪の有里を頼りにするのもよく分かる。

「いや、それはどうだか。今の財団のお仕事、面白いしね」

「お～そうだ、息子さんは？」

「あの子はキタハラとは関係のない会社で社会人として頑張っているの。ほら、野島君が昔いた商社。まだまだ駆け出しだけどね。最近は好きなテニスも我慢しているみたい」

「え～。そうなんだ。そりゃ奇遇だね」

そう言って、テーブルに出されたペットボトルのお茶に口を付けた。

「マイケルはキタハラグループじゃなくなったけど、野島君は特別会員でいいよ。だからイベントにも顔出してくださいな。叔父も喜ぶだろうしね」

「ご無沙汰していますが、お元気だとお聞きします」

「そうなのよ、相変わらずで、八十近いのにね」

話しているうちに学生時代の有里の面影がよみがえってきた。当時の自分も思い出されてくる。思い返せばいい時代だった。でも、戻りたいとは思わない。今が一番いい。今を大切にこれからに向かって生きることこそが幸せなのだと野島は思った。

有里と再会したことで、なんだか「頑張ろう」という気持ちが湧きだしてきたようだ。

31 圧力の始まり

半年が経ち、季節は寒い冬になっていた。

勝手なもので、酷暑の季節には早く冬が来てほしいと思うくせに、いざ厳寒の季節になるとこの寒さに閉口する。

マイケルの業績も季節の影響を受ける側面がある。今シーズンはこの厳冬ということもあって、風邪が流行し、その関連商品が売れている。数字的には悪い数字ではないのだが、カワムラ電機の河村にかかると、これで安心することにはならない。

「今期はまあいいとしても、佳山社長、マイケルの良さである商品開発力、特にアイデア商品の点数が減ってきているのが気になるな〜。企業スローガンは〈あったらいいな、こんなもの〉でしたよな」

カワムラ電機の会長室には河村に嫌みを言われている佳山と高阪がいた。

「はい、キタハラからの意味不明な圧力があったということもありまして……」

佳山は冬だというのに汗が噴き出てきて額を何回もハンカチで拭った。河村の〝詰め〟はキタハラからのそれとはひと味もふた味も違う。創業者の北原以来の伝統でキタハラは〝考え方〟を求めたが、河村はとにかく〝数字〟にうるさい。

「自由にやっててかまへんとは言うてるけど、それはどんどん商品を世に出してブームをつくっていけてるいうのが前提やで〜。数字は正直や。佳山さんのお手並みをしばらくは見させてもらうわ。そやけどな、いつまでもってわけにはいかんよ。儲からんのはアカン」

たしかに新製品を絶え間なく出していって市場を惹きつけていくというマイケルのやり方が、ここしばらく落ちてきていることは事実だ。大手競合の裏をかくような形で成長してきたのだが競合も負けていない。それにともない利益率も低落傾向にある。河村の指摘は日銭現金商売でモーレツに走ってきただけにさすがに鋭い。株価も低迷状態が続いていてカワムラの取得コストを下回ってきている。河村がイラつくのも分かるというものだ。

これではやっと緑川から離れたけれど、別のものに替わっただけだ……佳山は焦った。

「コストの見直し、人員の見直し、商品の見直し。選択と集中。これをやり続ける。これはいつでもどこでも同じや。それとMヘルスケアプロダクツ本部は？　何やってるのかよう分からん。儲かってた製品ラインは他所へ売ってもうたんやろ？　ちっとも儲けも出てへんし、オフィスも分散させとくことないな。北原のおっさんが気まぐれで買うたんや。そんな押し付けられて……もう要らんのとちゃうか。どうせ売れたとしても二束三文やろうけど累積赤字への足しにはなる。蘇端集団から来てはる役員にうるさいのがおってな」

佳山は冷や汗をたっぷりとかいていた。

「はい」としか言いようがない。

なんてことはない、緑川と一緒じゃないか。いや、緑川より細かいしキツイ。こっちの取り組みを理解しようとしない。いま稼げるものでがんがん稼ぐ。マイケルへの期待ってそれだけかい……。

佳山はオフィスを出ると「あ〜」と言って寒空を見上げた。雪が降ってきそうな天気だ。

「ひ〜こりゃ寒いですね。社長」

高阪がブルっと身を震わせた。

ちょうど通りかかったタクシーを止めて乗り込むと佳山のメガネが曇った。

「キツイな。こっちだっていろいろ手を打っているのに急かされても、ねっ社長」

黙りこくっている佳山の気持ちを解そうと高阪があえて明るく話しかけた。

「そうだな……まあご指摘はごもっともなんだが……そうは言っても……なぁ……」

佳山の言葉が途切れがちだ。

以前の佳山は生き生きしていて「前進！」「前進！」という感じだった。かといって、単なるイケイケでもなく論理性も兼ね備えた姿は高阪にとってもカッコよく頼りがいのあるリーダーであった。だからついてきているのだ。それがカワムラの傘下になってからは浮き足立っているようなそんな印象に変わった。長く仕えてきた高阪としては残念で仕方がない。でも、今はなんとかここを突破しなくてはならない。いいようにされてたまるか……と思いながら隣の佳山をうかがうと、目を閉じて黙って座っているだけだ。

高阪はそっとしておこうと思った。

32　焦り

Mヘルスケアプロダクツ本部のオフィスに佳山がやって来た。

「久々にこのオフィスに来たけど、相変わらず自由な雰囲気でやっているんだな」

皆が思い思いの格好で観葉植物に埋まるようにＰＣ画面に向かっているフロアを眺めながら言った。シャカシャカシャカシャカというキーボードを打つタイピング音だけが聞こえる。

「合併前からの雰囲気がそのまま残っていまして……。コンテンツ配信とか、ＥＣプラットフォームの構築・運用とかに取り組む連中ですから、マイケル本体とは雰囲気が違うことはご容赦ください」

野島は、佳山の横に並んでそう補足した。

「ところで野島君」

野島は、佳山に隣の会議室に入るように促した。井村に目で指示をしてＰＣ画面から会議室の空き状況を確認してもらった。

「二年近くは過ぎたよな」

「は？」

この本部のことか。いよいよ来たか……。

「ようやくという感じは出てきたことは認めるよ。だけど、まだまだマイケル全体の利益の足を引っ張っていることは事実だ。で、どうなんだ」

アイデアをどんどん出して作って売る。売れなければすぐ別のものを出す……こういうビジネスモデルと比べられるとつらい。でも、それは佳山も分かっているはずではないのか。

「たしかにこのビジネスはマイケル本体とは原価構造、利益構造も違います。なんとか本部としての黒字転換にまでできましたが、累積赤字の一掃はまだです。ただし、軌道に乗るとそれ以降は加速度的に上昇するという性格です」

佳山は軽く頷きながらも黙って聞いている。

「カワムラから何か言ってきているのでしょうか？」

「ああ、河村さんはとにかくイケイケドンドンの人だ。拡販につぐ拡販で駆け上ってきた人だからな……」

しょうがね〜からな……とでも言いたげだ。

「理解していただけないのですね？」

恐れていたことである。河村は拡大、拡大でここまできた。その信念がカワムラ電機となって形作られている。マイケルがそのカワムラの傘下になったわけだから求められるものも変わってくる。

「まあ、そういうことだ」

「ウチを買収したのは、向こうが傘下に入れたドラッグストアチェーンの強化にも大きく貢献させたいというところでしたよね」

野島の発言を聞いて佳山が頷いた。

「だとすれば、やはり思惑が合わないということになってしまいますかね」

「とにかく『儲からんビジネスはアカン』だからな。しかも、せっかちときている」

経営者にはせっかちが多い。さらにオーナー経営者となれば、その傾向が強く、物事を明日に引き延ばさず決断も行動もスピーディーである。

それは企業を成長させるため常に試行錯誤していかなければならないからだろう。トライ&エラーの数が多いほど成功に近づくのだとすれば、のんきでゆっくりと物事をこなすのではなく、むしろせっかちなほうが有利といえるのかもしれない。そして、経営者は無駄を嫌い「結果や結論を早く知りたがる」という特徴がある。

「困りましたね」

「『何やってるのかよう分からん。ちっとも儲け出てへんしな。そんなん要らんのちゃうか』とまで言われた。蘇端集団から派遣されてきている役員にもうるさいのがいるらしい」

佳山の関西弁モドキがチグハグでおかしい。だがそのイントネーションが野島には妙にリアルに聞こえた。

「思い切ってこの本部のビジネスを撤退しようか」

佳山がポツリと言った。

「えっ、それはないでしょ。北原前会長の思いも詰まっていますよ」

思わず野島は大きな声で返した。

「それもな、今となっては『だから?』という話になってしまった。第一、河村さんは北原英治さんのことが嫌いだからな。感情的なものもあるのかもしれない」

ひどいことを言い出した。

河村に強く求められたのは間違いない。その顔には「妥協はない」と書いてあるように見える。佳山もこの分野への優先順位が低いので、内心では渡りに船と思っているのだろうか。

「ガンバルハイの時のように、どこかに事業譲渡でもできればいいんだけどね。どうだ？」

「そんな……」

野島はそれ以上言わなかったが腹の中では怒りが湧いてきていた。

カワムラ傘下入りは、やはり佳山の早計だったと思う。動機が悪い。事業戦略上の動機というよりも、緑川対策の一念から始まっているからだ。

そして、今度は河村からの圧力回避ためのこの本部を差し出し物にしようとしているとしか思えない。一難去ってまた一難。厄介なことが続くものである。

「まあ、今日明日ってことではないが、今期中にはめどが立つといいんだが考えておいてほしい。また相談するよ」

佳山はそう言って、椅子から立ち上がった。

会議室から出てきた佳山と野島の姿を見送る井村の心配そうな顔つきが野島の目に入った。

Point「度量」のリーダーへのポイント⑤

「時代を見通し新たなチャレンジをすることが道をひらく！　メンバーのためにも………」

一方の野島にとっては今後のマイケルでの立ち位置を模索することが必要になった。

Mヘルスケアプロダクツ本部の内容は随分よくなってきている。表面上の数字だけではまだまだだが、もう少しでコンテンツ配信事業も大きなものが見通せる。これからの時代は想像を超えるデジタル化が進行することは間違いない。その本格的ネット時代のニーズにも応えプラットフォームとしての広がりへの期待やデータを活用したマーケティング支援といったビジネスへの展開も視野に入ってくる。野島は自信と確信を感じ始めていた。

「せっかくここまで来たんだ、大きな事業に育て上げ一度は自分にとっての〝城〟にしてみたい」「緑川や佳山を唸らせてやろうじゃないか。その後はその後の道がひらけるというものだ」……そう思うと美馬以下のメンバーの顔が野島の頭の中に浮かび広がってきた。

〈これからの立ち位置を模索する場面〉

※本文224ページより

「仮に絶望的な状況になっても、自らを奮い立たせて、『やり方は無限にある。どこかに打開の道がある。考えよう。探そう。大丈夫だ』と、自分自身に声をかけることが重要である。そして、毅然としてブレない態度」

「とにかく私は全力でこの事業を守るつもりだ。だから、皆で事業の黒字化を急ごう」

野島はきっぱりと答えた。リーダーの立場にいる者がここで弱気や迷いを見せるとメンバーは一気に動揺するものである。かといって空元気《から》もすぐに見破られてしまう。

いつだったか長谷川から聞かされたことがあった。傾いた会社のトップの振る舞いは二通りのパターンあるという。「一つは妙にハイテンション。もう一つは精神的に弱気になって傍目にも元気がない」というもの。銀行勤務時代の見聞なのだろう。野島はこれを思い出し改めて気持ちを引き締め直した。

〈メンバーの不安に対して毅然とした姿勢を示す場面〉

※本文227ページより

第六章 「決意」をする

33 歴史が変わるとき

その日、野島は長谷川とイタリアンの店にいた。

以前に長谷川に連れてきてもらった店だ。古き良きイタリアンというか、店内には懐かしいアンティークな雰囲気が漂っていて静かだ。

「カワムラ電機もキツイこと言ってきているんじゃないか」

長谷川には見えるのだろう。

「あの会社はエネルギッシュなオーナーの人生観の塊みたいなものだからね。私の古巣の銀行の大口取引先だったけど、担当者も随分とキリキリさせられていたからな～」

取引銀行の貢献度をスコア化して厳しく競争させていたという話を聞いたことがある。

八十の年齢にしてあの飽くなき事業欲はすごいものだと思う。しかし、あの経営スタイルのままで大丈夫なのだろうかと心配も湧いてくる。後継者はいるのだが、いつまでもオーナーが前に出て引っ張っていかざるを得ない体制。そして、インバウンド需要の取り込みも狙ってか……中国資本も導入したが、蘇端集団、カワムラ電機の両者ともに個性が強く、ひとたび成長にブレーキがかかったりしたらうまくまとまっていけるのだろうか……長谷川が経営学者らしい分析を語った。

「佳山社長は大丈夫か？」

長谷川が心配して問いかけた。

「〈儲からんビジネスはアカン〉と責められて、コスト、人員、商品の見直し……を強く言われているようで」

「それは、駄目になった会社への再建策の常套策だね」

一般的に再建策として打たれるのは、まず徹底したコスト削減の実施、次に人員の整理と入れ替え、そして商品の絞り込みである。たしかに贅肉は落ちるので最初は痛みを伴うが、早いスピードで業績が急上昇に転ずることになる。

「でも、それは経営破綻した会社の再建ですよね。曲がりなりにもマイケルは利益も出ていますし破綻などしていませんから……」

マイケルがそこまで駄目な会社のように見られているのかと思うと野島は憂鬱な気分に

なった。

「河村さんにしてみれば、マイケルは生温く感じるのだろう。強烈な個性でノルマノルマで伸びてきた会社だ。彼の感覚からすれば駄目会社なんだよ。だからここはカワムラ流の厳しいやり方で叩き直そうと思っているのではないか」

カワムラはM&Aに積極的な会社だ。買収された会社は厳しい合理化の洗礼を経てグループを支える力になっている会社がいくつもある。河村にとってはマイケルもそのようにできる事業だと捉えているはずだ。そうでなければ、今回のTOBなど仕掛けたりしない。

「実は、私が担当しているMヘルスケアプロダクツ本部はお荷物と認識されているようで、撤退か譲渡を考えようと佳山社長から打診されました」

「ん〜」と言って長谷川はグラスのワインをゴクリと飲んだ。

「そうか〜。確かに野島君がいま担当している事業のビジネスモデルは河村さんからすると合わないかもしれないな」

「合わない？」

「そう、失礼だけどネットの機能の活用、そしてその展開というのが感覚的に追い付けないのではないか。コンテンツ配信とかプラットフォーム事業といわれてもって感じかな。現在の本業とその周辺がまだまだ儲かっているしね。レガシーの拡大に走り続けるのも分からないではない」

野島は長谷川の話をなるほどと頷きながら聞いていた。

「そこへいくと北原会長は先見の明のある人だったんですよ。だから、買収した……」

不思議なもので、野島はキタハラ時代が急に懐かしくなってきた。

「で、実際のところどうなんだ、Mヘルスケアプロダクツ本部のビジネスは？」

「実をいうと手応えを感じてきているこの頃です」

ネット配信とかプラットフォームビジネスとなれば、当初は持ち出しばかりで収益が上がらない時期が続く。しかし、ひとたび売り手と買い手がある一定程度量を超えると、サービスの魅力が一気に高まり収益も右肩上がりで増えていく。このサイクルが回り始める地点、つまり〝ティッピングポイント〟が見えてきたということである。

「なんだか嬉しそうだね」

と言って長谷川は野島の表情をうかがった。野島は周りから『野島は忙しくなると嬉しそうだ』とよく言われた。本当に仕事が面白かった。

「仕事に没頭するといってもニ通りのタイプがある。カネのためとか権力を得るために仕事をするというタイプと、〝こうありたい〟とか〝こういうことをやりたい〟と確乎不抜の志のようなものがあって仕事に邁進するタイプだ。野島君の場合は後者だろう。だから面白いと思って取り組んでいけるんだよ」

そう言われてみればそうかもしれないと思う。

もちろん会社勤めなのだから、出世欲がないといえば嘘になる。しかし、収入アップや肩書を得ることを第一目的に遮二無二頑張るなんてバカバカしいと思ってやってきた。嫌なことも嫌なままで取り組むのは体にも悪い。だから、言葉には出さないまでもむしろそういう奴を軽蔑してきた。

どのような境遇にあっても自分の立ち位置を考え、そこに意義を見いだしてベストを尽くしていくと共感者も増えてきて面白くなってくる。ある程度以上のポジションを求めてきたのは〝こうありたい〟ことを実現するために必要だからにすぎない。

「歴史が変わるのはどういう時だと思う?」

頷くだけの野島に向かって長谷川が問うてきた。

「えっ?」

野島が答えに窮していると長谷川がニコっと微笑んで続けた。

「それはね、『おれが引き受ける』という奴が現れたときだ。ほとんどは自ら手を染めようとしない。古今東西、国でも会社でもそうだ。根性がある奴は少ないってことさ。社会に必要なものだと信じるんだろう? 社会を変えていけると思えるんだろう? それは人を喜ばせることに繋がるんだろう? なにより君自身が面白いんだろう? だったら……」

長谷川が畳みかけてくる。

野島は勢いに押されながらも自分の気持ちが急速にまとまっていく気がした。

熾烈な権力争いや自己保身に没頭している佳山、横山、高阪、さらには緑川、谷藤たちのような生き方でいいのだろうか。野島自身は、仕事の意義を考え、それを周りに伝えて信頼を得ていくことを心がけてきたつもりだ。だからだろう、出世よりも仕事の社会的価値に向かって真摯に取り組むことに美馬や井村や合田たちは共感し次第に心を開いてくれたのだと思う。

他方、河村の経営スタイルはすごいがこれからの時代でも通じるのかよく分からない。「モノやサービスを大量に揃えて流通させて売る」というプロダクト販売方式の限界を感じるからである。

先週、美馬と雑談をしていた時、美馬が「ITを扱っていると言っても、単純に『非デジタルからデジタルへ』というこれまでのレベルではなく、これを活かしていくことでビジネスや生活が変革されていくことに繋がります。最近の言い方ではデジタル・トランスフォーメーション＝DX。今われわれが取り組んでいるビジネスにはそういう要素と可能性があるのだと思います」と言っていたのを思い出した。

トイレタリーやヘルスケアの分野、さらにはキタハラのホームグラウンドである化学業界には、まだまだ伝統的分野がたくさんあり不合理や非効率が存在している。流通、物流、調達、下請け構造……。そう考えると、Mヘルスケアプロダクツで運営を始めているプラットフォームは応用の仕方によって大きな支持を得るはずである。

「そうですね。この事業はこれからの時代に向けて意義のあるビジネスです。ぜひやっていきたい、いややります」

野島は言い切った。

が、そのためにも目の前に大きな課題が残されている。

「ただ、現下の問題として、まずはこの事業のスポンサーをどうするか……」

「よし。では、私も銀行時代の伝手も含めて探してみる。でも、自分で徹底的に考えてみることだな。そう思って決意ができたのなら、必ず道はひらける」

そう言うと長谷川は運ばれてきた料理にさっさと手を付け始めた。とは言うものの、さてどうするか……希望と心配が混ざりながらも、野島の気持ちはこの課題に向けて高ぶっていた。

長谷川との食事を終え野島は地下鉄の二つ先の駅まで一人で歩くことにした。

冬の寒い空気の中で吐く息が白い。思わず背中が丸まってしまいがちになるが、それでも街の明かりを目にしながら寒空の下を歩くのは気持ちが良かった。足早に帰宅を急ぐ人々や恋人とおぼしき若いカップルが肩を寄せ合って歩く姿が目に入る。

何か考え事をしたりするのには歩くのがいい。ただし暗く誰もいない夜は嫌だ。適度に人がいて適度に声が聞こえ適度に車が道を通り過ぎる音を感じながらコツコツと靴音を鳴らして歩く。そのリズムが次第に心地よいものになり、自分の頭の中もすーっとしてきて綺麗な光のようなものが見えてくるから不思議だ。

この事業の社会的価値は？　この事業を切り出してやっていけるか？　それならば誰に理解を求めるのか……。

ベンチャーキャピタルやプライベート・エクイティ・ファンドに持ち込めば受けてくれるところもあるだろう。しかしそれは避けたい。事業のことを本当に分かってくれるとは限らない、所詮は同床異夢だ。ある程度以降の促進剤としてはいい、しかし金融的利益を第一に考えることよりも優先したいことがある。それを理解してもらいたい。それは……。

気がつくと目の前に地下鉄の入り口のサインが見えてきた。

数日後、野島がデスクでぼーっと考え事をしていると目の前に井村がやって来た。

「コーヒー入れましたのでどうぞ」

「お～ありがとう。ちょうどいいタイミングだ」

井村がコーヒーをわざわざ持ってくるときは何か言いたいときか聞きたいときだ。

「あの～、この本部、大丈夫ですか？」

「どういう意味？」

「リストラされるんじゃないかって噂が。先日、佳山社長も深刻な顔していらっしゃいましたから」

「あ～大丈夫だよ」

「ならいいんですけど。美馬さんたち一生懸命ですからね」

「そうだね。ようやくコンテンツ配信の登録顧客も一年前からの目標を上回ってきたし、収益的にも自信が持てる気がしてきたからな」

「それを、カワムラ電機は理解してくれているんでしょうか？　その前に佳山社長や横田常務は見守ってくださるのでしょうか？」

やはり心配しているのだ。

「野島本部長の前のご担当は横田常務でした。申し訳ないですが、コンテンツ配信とかプラットフォームとかサーバーがどうだとかとなると、なかなかご理解いただけなくて……。マネタイズのイメージが合わないのですよね。横田常務から出てくるのは数字のみでしたから、どこに向かっているのかが分からなくなっちゃって……。前本部長の村林さんもご苦労されていました。そういうのってメンバーに伝わります」

「それはシンドイよね」

ビジネスは発想をどう受け止め、それを育てるかで花を開かせることもダメにしてしまうこともある。リーダーがその発想に追い付かなかったり、噛み合わなかったりするのは大きな不幸だ。

組織のリーダーは大きなコンセプトを構築しその「目的」を共有化させること。そのうえで「目標」を明確にして、やるべきことを伝える。時には自分が率先して動く。そして重要なのはリーダーは口だけでなく自身の姿勢や行動をその「目的」に一致させることだ。せっかくの「目的」を単なるスローガンに変えて台無しにしてしまっては身も蓋もない。

この循環がうまく動き出すと、仕事の中に目的が息づいてきてメンバーの士気は向上し自然と動き出す。もちろんその大前提は社会に新しい価値を提供することであり、それを皆で共有できる組織のメンバーは〝いい仕事〟ができることになるのだ。

「でも、本部長、なんとなく元気になっていらっしゃるようで安心しました。先週と比べると全然違います」

井村はそう言って自分の席に戻っていった。

ふと見ると、オフィスを足早に歩く美馬と合田の姿があった。

歩く姿は正直である。喜び、幸福感、自信などを感じているときは、背筋が伸びて自然と胸を張り歩く速度も速くなる。逆に、何かうまくいかない事や悲しい事があったときは、胸を張って颯爽と歩くことが困難である。野島には彼らの姿から生気が表れているように感じられた。

34 リーダーの真価

周りは広い敷地に高い塀の家々。街から離れているわけでもないのにまったく違う世界に入ったと錯覚してしまう。

どの家にもセキュリティシステムのステッカーが貼ってある。監視カメラの家もチラホラ目につき、どう見ても著名人や資産家だけが住んでいる超高級エリアだ。

冬の日没は早く、すでに辺りは暗い。

少し手前でタクシーを降りた野島は白い豪邸の門の前に立ってインターホンを押した。事前のアポイントを取っているわけでもないので、胸が高鳴ってドキドキしている。

「はい」

インターホン越しに年老いた女性の声が答えた。

「あの〜、株式会社マイケルの専務をしております野島と申します」

「あっはい、マイケルの野島さん……ですか。少々お待ちください」

しばらく待つと七十代くらいの女性がコートを羽織って出てきた。理事長夫人だ。

「あの〜主人は出掛けていまして、今日は帰ってきません。お約束は？」

「いえっ、ございません。ですが理事長にお目にかかれませんでしょうか？　どうしても事業のことで直接お話し申し上げたく参上してしまいました。ご都合も顧みずのご無礼の段お許しください」

野島は平身低頭で挨拶をした。

勝手に来たのだから会えなくても仕方がない……のだが……。

「そう言われましてもね。それに主人はお約束のある方以外とは会わないと思います」

夫人は迷惑そうな顔で言った。

「ご無礼は平にお詫び申し上げます。私は以前キタハラ化成の経営企画室長をやっておりまして当時からお世話になりました。今はマイケルにおります。用件は事業の将来に関わることでして……」

「主人はキタハラグループの仕事とは縁遠くなっていますから」

寒いということも手伝って早く切り上げたいのだろう。

「ですが、野島がお目通りを願ってやって来たとお伝えください」

「そうおっしゃってもね……とにかく今日はお引き取りください」

野島が名刺を恭しく差し出した。夫人はなかなか受け取ろうとしなかったが二〜三回のやり取りの結果ようやく受け取ってくれた。

ここは帰るしかないか……。

「明日はお帰りになりますでしょうか？」

「さあ……気ままな隠居暮らしですから」

「そうですか。ではダメ元でもまた明日改めてお伺いします」

「野島さんでしたっけ。縁遠くなったとはいえ、グループの社員さんは主人にとっては子供も同然ですから少々のことは受け入れるでしょうけど、度を超すと怒り出しますよ」

「いえ、それは承知のうえです。理事長が着眼されていた事業の将来に関わることで、ぜひ聞いていただきたく……その上でダメとご判断されればどのようなお怒りも受け入れます。ですので、お目にかかることができますようにお力添えいただけないでしょうか。子供からのお願いということで」

野島は深々と頭を下げた。

すると「子供からの」に反応したのか夫人は微かな笑みを浮かべその表情が綻んだ。

「子供からのお願いと言われるとね……分かりました、一応、主人に伝えるだけは伝えておきます。でも、主人がどう思うかは分からないですから」

「ありがとうございます。それでは今日は失礼して明日また参ります」

野島が頭を下げる様子を夫人はじーっと見ていた。

すると、

「あっ、主人は明後日の午後はいると思いますよ」

夫人が小声でそーっと囁くように告げた。

野島は夫人の微かに垂らしてくれた細い糸に期待を残し、改めて深々と頭を下げてから北原邸を後にした。

寒さが身に染みたが野島はタクシーが拾える所まで歩くことにした。

このまま何もしないでいるとどうなるのだろうか。佳山のことだから夏の株主総会が役員改選期になることを意識して河村の意向に沿うように動こうとするだろう。となれば冷酷にさっさと実行する。まだ今の段階は追い詰められているもののそこまで実行する決断には至っていないだけだ。

緑川との確執から始まったＴＯＢ以来、明らかに佳山は自分の地位の保持を優先するようになった。そういう意味では河村というオーナー経営者はすごい。河村の視点からみればＭヘルスケアプロダクツ本部の事業を切るのは妥当なのかもしれない。そして、佳山をそのように仕向けている。

しかし、このビジネスの将来性も考えると本当にそれでいいのだろうか。

生かすべきだ、いや何としても生かしたい。ビジネス人生の折り返し点に入ったばかりの自分としてもここで勝負をしてみたいではないか。

そんなことを考えているとふと未沙の顔が浮かんだ。仕事漬けだったこれまでのこと、家庭を顧みることができなかったこと、それとともに深まった元妻との行き違いや未沙との間が疎遠になっていった頃のこと……。

「パパは仕事ばっかりだったけど、未沙のことも忘れてなかったんだよね。最近になって分かる気がする。いいんだよ、お仕事、悔いのないように頑張って！　中途半端を許さない……きっとそれがパパらしいんだよ。だけど体だけは気をつけてよね」

先週だったか未沙が〝巡回〟でマンションにやって来た時、そんなことを言っていた。野島はその時の会話を思い出し「大人になったんだな」と思って嬉しかった。

翌々日の昼過ぎ、野島は再び北原邸を訪ねた。

日中は陽があれば少しは寒さも我慢できる。門の近くに立って野島は北原を待った。だがホッカイロを背中と腰に何枚か貼って備えてきたものの時間が経つと寒さが身に染みてくる。立ったままで数時間が経っただろうか。時折、手足を動かすのだが全身が凍りそうだ、「温かいコーヒーが飲みたい」……そんなこと思っていると一台の黒塗りの高級車が近づいてきた。門の前で止まり運転手がドアを開け老人が降り立った。そして立っている野島に気づき立ち止まった。

「野島君か」

北原英治だった。北原は鋭い眼光で野島を見詰めると穏やかに尋ねてきた。久しぶりに見る北原の顔だったが以前と変わっていない。八十近いにもかかわらず肌艶もよく背筋もピンと張った老人である。七十代前半くらいにしか見えない。

「はい、野島です。ご無沙汰しております」

　思わず野島は真っすぐな姿勢を取ってから腰を曲げて深々と挨拶した。

「緑川の下にいた奴だったな。聞いてほしい話って何だ？　事業の将来に関わる？　寒いのにご苦労なこった」

「はっ」……思わず野島は慌ててマフラーと手袋を外した。

「理事長にぜひご指導を仰ぎたいことがございまして、ご無礼とは存じましたが押しかけました」

　直立不動である。寒さも吹き飛ぶようだ。

「私は退いてあくまでも大株主というだけだ。グループのことは緑川に任せている。仕事のことでご指導と言っても無駄だぞ」

　北原は野島の顔を見ようとはしないが立ち止まってくれている。

「はい。私はキタハラの経営企画室長から一年半ほど前にマイケルの専務に転出しました」

「お～そうだった。マイケルはキタハラグループじゃなくなったんだった。それなのにご指導？」

「はい。グループから離れてしまいました。ですが、私は理事長が目を付けて買収なさったMヘルスケアプロダクツ本部を任されておりまして、その事業の存亡に関わるというお話です」

「存亡？　ほ～それはまた大袈裟な話だな」

北原は「存亡」に反応したのか野島に顔を向けた。

「理事長が将来性を高く評価されていた事業がその価値をいよいよ世に問うことができるという状況になってきました」

「それはそれでいいじゃないか」

「もういい」という仕草をして北原は門の中に入るべく歩き出そうとした。

しかしここで終わったらすべてが無駄になる。野島は食い下がった。

「いえ、それがその……新しい株主からはこのビジネスを不要と決めつけられてしまって……私としては憤慨しているところです」

「だが、今の私にどうしようもないな」

北原は立ち止まって答えた。

「でも、これからの社会にとって必要なものを先取りして新たな価値を創出する……これは理事長が以前からおしゃってきたことです。そこから考えて納得がいかないのです」

「新たな価値を創出して社会に貢献か……それは大切なことだ。それこそが事業ってもんだ」

「その価値がようやく利益という形で認められるところが見えてきています。これをきちんとした事業にしないでは申し訳が立たない。社会にも申し訳ない。キタハラの精神にも申し訳ない……と」

野島は必死の形相で訴える。

沈黙があった。

「まっ分かった、分かった。寒いから中に入れ。この寒さは年寄りには染みる。ただ、つまらん話だったら……直ちに追い返す、分かっているだろうな」

すごみのある声だ。しかし、声を発した後で北原が微かにニヤッとしたのを野島は見逃さなかった。

「あ、ありがとうございます」

そう言いながら野島は一人でそーっとガッツポーズをした。


「お帰りなさい。寒いのに外でお話しなさっていたんですか」

夫人が出迎えた。

「あら、野島さん。寒いのに外にいたの？」

「応接室に通してやって温かいコーヒーを振る舞ってやれ。オレは着替えてくる」

そう言って北原は別の部屋に向かい野島は応接室に案内された。

ほのかに伽羅《きゃら》の香りがする。甘く、辛く、酸っぱく、そして苦くて塩辛い、すべてが含まれた神秘的な香りは緊張を解きほぐし心をリラックスさせてくれるような気がして深く息を吸った。

「まあまあ、寒かったのにね」

「いえ、ありがとうございます。お邪魔します。一昨日はありがとうございました」

と言って野島は頭を下げた。

「ただ私は野島さんが来ましたと伝えただけです。会えてよかったですね」

「仕事となるとがむしゃらになってしまうので申し訳ございません」

「私も会社に顔を出していたころ、あっ大昔ですよ。会社全体が家族みたいな感じで、皆さんよく働いていました。徹夜とか休み返上なんて始終のことでね。主人も最近は会社とは縁遠くなっていたので、久しぶりに会社のお若い方に会えて嬉しいのだと思いますよ、本当は。あっ〝お若い〟は失礼でしたね。私たちからすれば〝お若い〟ということで、許してくださいな」

夫人は照れたような笑顔を浮かべながらも嬉しそうに話してくれた。

「主人は姪の所に行っていたんですよ。主人は姪を頼りにしてるんです」

「あの〜姪御さんとおっしゃるのは長尾有里さんですか?」

「ええ。今、財団のお仕事をやらせているんですけどね。あっ、今コーヒー入れてきますから」

「あ、ありがとうございます。どうぞお構いなく」

夫人が下がったところで野島はソファに腰を下ろすと、用意してきた資料をバッグから取り出した。これをお見せしながら説明しよう。

理事長は長尾有里と会っていたのか……このことで口添えを有里に頼むのは避けたかった。そういうのはフェアじゃないと思うからだ。

そんなことを思いながらしばらくするとラフなシャツとセーター姿に着替えた北原が応接室に入ってきた。

「マイケルは手放したからな。もう興味はない」

と言いながらソファに腰を下ろした。

「緑川と佳山が仲良くやらないから河村の爺さんに付け入れられたようなもんだ。緑川はマイケル株を売った資金を積極的に新分野への投資に回して、もっと儲けていくと言っていたが、あいつには持ち慣れないカネだから心配は残る」

ソファに腰かけた北原がゆっくりとした口調で言った。

野島がキタハラにいた頃に接した北原は遠い雲の上の存在だった。その人物とサシで話をするのだ……鋭いまなざしが向けられている。緊張する。

「でもせっかくだ。君の話を聞こうか」

「それでは株式会社マイケルのMヘルスケアプロダクツ事業本部の事業についてご報告申し上げます」

野島は持ってきた資料に沿って説明を始めた。現状と今後のプランのあらましである。

北原は資料をジックリと見詰め、時折、野島の表情を確かめるように顔を向けるだけだ。

野島の緊張はさらに高まったが、同時に北原の真剣さが嬉しく、説明するうちにますますテンションが上がるのを感じる。

野島の説明が終わっても北原は資料を何回かめくりながら無言のままだった。

この重苦しいような空気が野島を襲ってきて緊張のあまり押しつぶされそうな感覚を覚えた。短い時間だったがとても長く感じる。

「よく分かる資料だ」

北原は資料をテーブルの上に置き野島を見据えてから言った。

「君の言うとおりようやく〝収益逓増の法則〟が働き始めるところに来たようだな」

「はい、ありがとうございます。いわゆるティッピングポイントに近づいていると思います」

「ティッピン……難しい言い方をするな。ある水準以降になると大きく収益化に転ずるということだろう？　説明というものは相手に理解させてこそというものだ」

その時、野島は北原の顔が一瞬ニヤッと笑ったのを見た。その顔は子供のいたずらを見つけた父親の顔に似ていて「よし、よし」と言っているように思えた。と同時にコチコチだった野島の緊張が少し解けていくような気がした。

「河村の爺さんにはあのビジネスのことは理解できんだろう」

「は、はい。佳山社長からはそのようにお聞きしています」

「そうだろうな」

「マイケル本体は新商品をドンドン開発してドンドン市場に投入するというビジネスモデルです。これまではアイデアが当たり続けマーケット開発も適切でした。カワムラ電機としてもそういうものを自社のリソースの一つとして取り込みたかったのだと思います」

「でもな、それだけではこれからは先細りする。〝モノ〟だけではなく〝コト〟の時代だ。いや、時代はもっとその先に行っているのだろう。お客さんの行動様式や価値観というのは時代とともに変化するものだ」

　野島を試すように聞いた。

　この人はよく分かっている……野島は改めてそう思った。

「暮らしを楽しめるようなそんなニーズに応えていく。それには何もモノを作るだけではないものも含めていく必要がある。だから、買収しマイケルにくっつけさせたんだ。しばらくは芽が出ないだろうからそれまでは今の路線で稼げと佳山には言ったのだがね」

　アイデア製品をドンドンつくって売っていくというビジネスの次元からさらに広げる。それも既存の仕事も生かしながらうまくスイッチさせていく。雌伏の時期をうまく頑張れば大きく化ける。もちろんタイミングは大切だが、ネットビジネスを進化させて取り込んでいくとはそういうものだと思う。

「はい、佳山社長はご理解されていると思いますが……」

「う〜ん、そうかね〜。それに、佳山は緑川と不仲でそこから逃れたい一心だけで動いた。だから判断がズレてくる。バカな奴らだ。結局、佳山も緑川も〝器量〟はあっても〝度量〟はないということだな」

不機嫌そうに北原はソファの肘掛けを軽く叩いた。

〝器量〟と〝度量〟……このワードが野島の腹にスト〜ンと落ちてきた。

「もちろん、二人ともトップとしての才覚と対処能力は優れている。だがな、リーダーの真価が問われるのは、人の能力を生かして人を育てる能力だ。相手が自分をどのように批判しているかをすべて知りながらそれを受け容れ、その相手の言葉を聴くことができる……その能力を〝度量〟と言うんだ」

そう言うと北原は野島の顔をじっと見詰めさらに続けた。

「マイケル株の持ち分は売らされることになったが、儲かったので了としてはいる。まあ、売り時だったんだよ。だが、本音では面白くないところはある」

野島としては何とも言いようがない。

「君は企業活動はどういうものだと思っている？　それには何が不可欠だと思うか？」

難しい質問を投げられた。しかし本質の質問である。野島は一瞬目をつぶったが日頃から考えていることを言おうと思った。

「はい、『人によって価値が生み出され、人によって受け取られていくこと』が企業活動だと思います。生み出す側も受け取る側も『人』です。したがって、企業経営には『人に関する深い理解、洞察』が不可欠ではないかと。そして、それをいかに繋いでいくかがポイントになると思います。その結果が利益、利益が出せない企業活動は社会に価値を生み出していないことになるのかもしれません。あっ僭越で生意気なことを申しました」

野島はバツが悪そうに頭を掻いた。

「なるほど。これまで見てきた奴の多くが〝スキル〟とか〝数字〟の話ばかり言う。もちろんそれが大事なことは当然。儲からないものはダメだ。だが私が頼もしいなと思うリーダーはね、同時にイノベーターであってほしいのだよ」

「はい？」

「イノベーターだよ、君。成功するイノベーターは左脳と右脳を使う。彼らは数値を見て、そして人間の行動を見る。そこに新しい〝意味〟を見いだしていく。そこには感性が要る。そういうことから思うと君はこれまで私の前を出入りしていた奴とは少し違うようだな」

喜んでいいのだろうか、褒められているのだろうか、それとも……。

野島の迷ったような顔を楽しむように北原はほんの少しだけ微笑んだ。

「で、君はこのビジネスを上場まで持っていけると踏んでいるかね？」

上場？　正直なところそこまでは考えていなかった。

「はい、ビジネスとして十分に立ち上がっていく自信があります。そして今のメンバーならやっていけると信頼しております」

「そうか。ただし上場を必ずやれと言っているわけではない。それを目的などにしてはロクなことにならん。あくまでも手段の一つにすぎない。それくらいに社会に訴えることができるかということだ。で、あと一年で形にできそうか?」

「はい、その前提で取り組んでおります」

北原はコーヒーのカップを手に取ってソファに寄りかかりコーヒーをゆっくりと飲んだ。静かな空間の中で野島は口を結んでただ黙って北原を見据えていた。

「それで、君は私にどうしろと言うんだ?」

北原の鋭い視線が差すように注ぎ込まれた。さあ、ここが勝負どころだ。

「はい、お力添えをいただけないかと」

野島は思い切って力強く言った。

北原は口をキッと結んで天井を見上げている。

「カネを出せと言うのか」

そう言うと北原は野島を真正面から見据えた。野島も負けじと北原の顔に目を向けた。野島は表情を観察されているのを強く感じる。ここは勝負だ……。

十秒か二十秒の沈黙のあと、北原が口を開いた。

「ならば出してやろう。会社のカネじゃない。この事業の現状だったら負債もあるので十一〜

二億もあれば河村の爺さんを納得させられるか」

「はい」

お〜すごい展開になってきた。すでに野島が専門家に試算をしてもらったところ十〜十五億と聞かされていた。

「それともう一つ条件がある。君もカネを出せ。たいしたカネは出さなくてもいい。第一、持っていたとしても知れているだろうがな」

北原がニヤッと笑った。そして続けた。

「信用される奴にはカネが集まる。尊敬される奴には人が集まる。そして期待される奴には夢が集まるのさ。君がどの程度なのか、そのテストでもある」

北原はまたニヤッと笑った。

「出すことで当事者としての覚悟を示せる。君の覚悟と決意がメンバーにも伝わって士気向上にも繋がる。だから必須だ」

自己資金か……よしかき集めよう！　これまでの蓄えだけでは大したものにはならないがなんとかかき集めよう。

「分かりました。全力で取り組んで理事長のご期待に応えます！」

そう答えると野島は深々と頭を下げた。

全身の筋肉の間をしびれる感覚が突き抜け脳天に響いていくようだった。人に期待されることの重みや感動が野島の心に火をつけた。

35 下卑た笑み

翌日の夕方、野島は佳山から呼び出されマイケル本社ビルにやって来た。

Mヘルスケアプロダクツ本部の事業売却の催促か、また別の難題発生か、それとも……そんなことを考えながら社長室のドアをノックするとスグに応答があった。

そしてドアを開ける……入り口に立った野島を佳山は自分の執務机に座ったまま睨みつけた。

「野島！　随分と大胆なことしてくれたんだな」

呻くように言った。

「はっ？」

「はっ、じゃない！　さっさとそこに座れ！」

なんだ？　この剣幕は……。

そう言われた野島が応接用のソファに腰を下ろすのを見て、佳山もおもむろにソファにやって来た。

「北原英治さんがMヘルスケアプロダクツ本部を買い取ると言ってきた。君が直訴したようだな？」

佳山は野島を睨みつけている。

そんなこと言ったって売却しろと言ったのはあなたでしょ……野島はそう言い返したかったがぐっとこらえた。

「はい、出過ぎたこととは思いましたが、引き受け手を捜さないことにはどうしようもないと思いまして……。とはいえ勝手に動いたことは申し訳ありませんでした」

野島は軽く頭を下げたが、佳山は黙って睨みつけているだけで口を開かない。

北原英治にスカウトされキタハラに入社し、マイケル立て直しを見込まれた佳山にしてみれば、北原とは自分こそが強い信頼関係で繋がっていると思っているからなのだろう。若造の野島に出し抜かれたのが気に入らないのだ。

「しかし、佳山社長、河村会長からは撤退しろと迫られているんですよね」

「そうだ」

押し殺したような声だ。

「河村会長はこの事業に価値を見いだしていないということですよね」

「そうだ。『どうせ二束三文』とまで言われた」

「二束三文か……それはあまりにもひどい。でも視点によってはそうかもしれないです。だとすればそれがリストラのコストもかからずに済めば御の字じゃないですか。それを少しでも値段を吹っ掛けたといって認めてもらうことはできませんか？」

「ん〜それは……」

佳山が組んでいた足をまた組み替えた。イライラしているからか頻繁に足を組み気持ちを抑えようとしているようだ。ここは一気に攻めるべく野島は続けた。

「さすがに河村会長も二束三文とおっしゃったからといってゼロとは思っていないでしょう。かなりケチな方のようですから」

「それはそうだろうさ」

佳山が吐き捨てるように言った。

「六〜七億というところをもう少し乗せて九億〜十億で説得した。北原さんに勝手に買収してマイケルに押し付けたことへの責任を取ってもらった……というストーリーはどうですか」

「え〜河村会長を騙せというのか」

今度は組んでいた足を解きぴったりと地面につけた。向かい合う野島に対して心理的な警戒を感じ始めたのかもしれない。

「いいえ、それは人聞きが悪い。あくまでも駆け引きです」

野島は思いっきり大袈裟に手を振って否定の仕草をとった。ここで警戒心を持たれては面倒である。

「う〜ん」

佳山は両腕を組んで唸った。

「それとも、このままで河村会長からの催促に従って廃止・撤退としますか。撤退コストがかかりますよ。それに、不当解雇だといって騒ぐ奴も出てくるかもしれないし……私には抑える自信がありません。そうなれば河村会長の不興を買って佳山社長に飛び火するのは必定ですよね」

形勢は完全に野島ペースになってきている。

「おいおい、脅すなよ」

「ただ、今後考えられるシナリオの一つと思っただけでして……しかもその確率は高そうです」

両者ともに無言のまま二〜三十秒ほどの時間が経った。社長室を包んだ静寂が長く感じられた。

すると今度は佳山が野島の方に乗り出してきた。

「分かった。ただし、条件がある」

何を言い出すんだろう……佳山の顔を見ると下卑た笑みを浮かべていた。

「どうだ、これは俺に任せてくれないか」

額を突き出し笑みのまま同意を求めるように軽く頷いた。

「とおっしゃいますと？」

野島はその意味がとっさには理解できなかったので問い返した。

「すべてが君の発案と行動だというのはね……」

そう言うと佳山は真正面に野島の顔を見据え下品に片方の口角を上げた。

ああ、そういうことか……野島は佳山が言いたいことをすぐに理解しながらも取りあえず黙っていた。

「まあ、ここは俺の手柄にしておけってことさ。カワムラの傘下に入ったマイケルだ。そのマイケルの社長として俺には皆を守る義務がある。河村会長に対する発言力を確保するということは、マイケル社員のためになるってことだろう？　もちろん、君がスムーズに新会社の代表になれるように計らいやすくなる。この手柄を有効に使おうじゃないか。どうだ？」

「最低な奴だ」……野島の胸中に佳山に対して軽蔑の感情が生まれた。どうせ任期が切れるのを前にして自分の首を繋ぎたいのが本音なのだろう。

だが、河村との面倒な折衝は避けては通れない。ここは佳山に花を持たせてやろうか。目論見通りに了解が取れるとなれば、その後の実務的な話も進めやすい。河村会長から了解が取れないとなったなら、そのときはそのときで別オプションを考えればいいだけだ。道はある。ついでに佳山にも思いっきり嫌みを言ってやることもできる。

「分かりました！　ではお願いします！」

野島はあえて大きめの声で言った。

真の達成感や充実感は多大な手間や煩労を伴った作業の中にある。だからこそ心を震わせ精神をエクスパンドさせることになるのだろう。やると「決意」した野島にはそれが楽しめるくらいになっていた。

36　情熱という炎

今年も梅雨が明けそろそろ暑い夏の季節を迎えようとしていた。

佳山の〝交渉〟も功を奏し親会社のカワムラからは即断で了解が取れた。九億五千万円で事業譲渡が成立した。佳山は河村から「北原の爺さんからふんだくった」と褒められ、北原からは「河村の爺さんから値切ったとは愉快」と面白がられた。佳山はちょっとばかり得意顔になっていた。ただ、その河村もシタタカなものでカワムラの傘下にある旧式でもはやほとんど使っていない倉庫を高い値段で押し付けてきた。結果として、マイケルに入る譲渡代金を大きく上回る額のキャッシュをしっかり抜いていくというオマケ付きだ。

ともあれ曲折の末、Ｍヘルスケアプロダクツ本部は事業譲渡ということでマイケルから切り離され〈株式会社ネット・ドゥ（Ｎｅｔ Ｄｏ）〉として新しいスタートを切ることになった。株主総会での承認を経て正式なものとなる。

マイケルの定時株主総会を一週間後に控えた夜、野島は長谷川と二人で小さな小料理屋の半個室席にいた。

この辺り界隈には良さげな和食店が多いが、ここはちょっとした料理をリーズナブルに楽しめる居心地のよい店だ。野島が専門商社にいた時の上司に連れてきてもらったことがあった。この店はキタハラグループの関係者には知られていないということもあり、キタハラの経営企画室長在任中、野島はちょっと秘密めいた話をする際に使っていた。

「いや～一区切りだ。私も佳山さんへの義理は尽くせたよ」

長谷川は満足そうな顔でビールを口にした。

「この二年間はいろいろあり過ぎるくらいでした」

野島もビールを飲みながら相づちを打った。

この総会で佳山は退任するとの噂もあったが、Mヘルスケアプロダクツ本部売却の実現をきっかけに河村からの受けも良くなったのか、代表権は付かないものの取締役会長として残ることになった。マイケルの後任社長には、今度の総会でカワムラ電機の取締役が赴任してくる。関西支店長の猪又は常務取締役に昇格して残留、TOB賛意表明決議を行った取締役会の当日に欠席したことがどのように評価されたのだろうか。人畜無害を装っているがカワムラに気に入られるように陰で立ち回っていたのだ。会社勤めの〝雇われ役員〟としては、うまい立ち回りである。「世渡り上手な奴だ」……と野島は感心した。

現役員の横田、高阪、長谷川そして野島は退任しカワムラ電機が指名する者に交代する。このＴＯＢはカワムラのドラッグストア政策の強力な支援役としての役目を担うことが一層はっきりした。資本の論理とはそういうものと言ってしまえばそれまでだが、これが佳山が緑川から逃れたいという不純な動機から動き導いた結果である。

もちろんマイケル社員にとってはどっちが幸せなのかは分からないけれど、カワムラ・グループの一員としてやっていくのも一つの道だろう。

「それにしても、佳山さんと緑川さんの戦いではすごいものを見せてもらえた。年もほぼ同じで創業家からスカウトされ嘱望されてきた人たちだろう。それがあういう形になるんだから……」

野島にとっていろいろな接点があり苦しいことや嫌なことがあったが、それぞれに学ぶことも多かった。それこそ無駄な経験はないと思う。

「ただね……佳山さんは河村さんに取り入ったつもりだろうけど長くないと思う。定款変更で取締役の任期も一年に変わる。だから会長在任も一年じゃないか。今回はお情けだよ。いまや己の地位に固執しているだけなのがバレバレだ。佳山さんもすっかり変わってしまった」

長谷川の話を聞きながら、野島は「自分の手柄にさせろ」と佳山から言われたことを思い出した。ああはなりたくないものだ……。

「緑川さんは？」

「う～ん、緑川さんね」

そう言って長谷川は腕を組み言葉を選んだ。

「まあ、どこかで高転びに転ぶんじゃないか。そんな気がする」

「〝高転び〟ですか。そうおっしゃいますと？」

「キタハラを任されたとはいっても創業家の後を受けたんだ、それって大変だと思うよ。改革も必要だしその前に負の遺産も切らなくてはならない。そのためにスカウトもたくさんやって実力主義で登用してきたのだろう？　しかし、このやり方は効果も大きいがいずれ忠誠心の厚くない者の台頭を招くことになる。さらには相互間に軋轢を生みかねない。だから実績と力を背伸びしてでも見せつけ続けざるを得ない……これが傲慢に見える。この結果どうなる？」

そういえば、キタハラでの架空取引を使った売り上げ操作の噂や一部が裏金に回っているといったことが聞こえてくる。それらは今のところはまだ口さがない噂話にすぎないようだが、火のないところに煙は立たないものだ。ともかく数字の追求がきつくなっていることは事実らしい。マイケルへのＴＯＢ以後、グループガバナンスや業績への責任追及を回避しようという緑川の思惑もあってのことなのかもしれない。経営企画室長の谷藤がかなり無茶な指示を現場に出し、その実行を促すため強引になってパワハラ騒動まで起こしているという話も聞く。そんなことを野島の配下にいた経営企画室員の笹本が愚痴っていたことを思い出した。

「昔から〝天下を取るのは簡単だが取った後が大変だ〟と言うからね。緑川さんもどういう晩節になるのだろうか」

「ふ〜ん」思わず野島が溜息をついた。

「あの人に仕えるのは大変だっただろう、よくやったよ。君は前向きに捉えていくタイプだからな。私だったらとっくにケツを捲っているね、はははは。銀行時代にもいたな〜あのタイプ。慇懃で陰湿だけどね」

長谷川は昔を思い出したのだろう。その声はいささか自虐的な響きだった。

「思うところはあるだろうけど、君が直接手を下さなくても成るように成るってものさ。〝天網恢恢疎《てんもうかいかいそ》にして漏《も》らさず〟ってな」

そう言って長谷川はグラスを持ちビールをゴクリと飲んだ。

「創業社長以外の社長は、その時、その段階、その局面に与えられた〝役割〟を果たすことが大事だ。これを踏み外すか外さないかでその評価は変わってしまう」

ちょっと重苦しいような雰囲気になったのを察してか、長谷川が自分のグラスにビールを注いで話題を変えた。

「いよいよ君も名実ともに一国一城の主ってことだね。これまでとは違う景色が見えてくると思う」

「違う景色ですか？」

「そう、規模の大小にかかわらずトップはいろいろなことに目配りが必要だ。これまでは、ナンダカンダ言っても上がいたから、最終的なことを決める必要がなかったはずだ。ガンガン突き進むだけでもよかっただろ？　しかし、これからはそうはいかないよ」

会社組織はいろいろな機能で成り立っている。営業、技術、人事、総務、経理、企画……そのすべてが最終決済を社長に仰いでくる。いい話も悪い話も、低い次元の話もあれば高い次元の話もあってゴチャ混ぜだ。特にネット・ドゥのような規模の会社の場合であれば、なおさらということになる。

美馬をＣＯＯに井村をＣＦＯに任命し合田を営業担当とはするが、会社として確立するまではＣＥＯである野島の関与範囲はどうしても広く多くなるはずだ。〝指揮官先頭〟がいいのだろう。

「徐々に任せ切っていけるようにしていかなくてはね。それには、ビジョンとか目的を常に共有していくことだ。昔、ある経営者から教えられたことだけど〝情報の共有・意思の疎通・趣旨の徹底〟……とその人は言っていた。参考になるかい」

「なるほど。特に〝趣旨の徹底〟というのは〝目的〟とか〝ビジョン〟をと考えればいいですね。参考になります」

噛みしめるように頷く……。

「私にとって長谷川さんは心の指針みたいな存在です。新会社の顧問としてもよろしくご指導ください」

野島は真面目な顔で頭を下げた。

「いや～、私自身は社長職をやったこともないし、銀行マン上がりの一介の経営学者にすぎないのだから、控え目にしとくけどね。はははは」

頼りにされるというのは悪い気がしないものだ。長谷川は屈託なく笑った。

「君にとっての仕事人生の後半に入って巡り合ったせっかくのチャンスだ。これまでの来し方の結果さ。とにかく悔いなくやるんだな。できる限り応援する。それと……長尾有里とのご縁も大切にしろよ。きっといいビジネスパートナーになりうると思う」

そうだった。長尾有里のことは長谷川が大学のサークルのＯＢ会で出会って野島に教えてくれたのだった。

「心の中の小さな灯は　夢に出会うと情熱という炎になる」……縁とは不思議なものだと思うとともにこの巡り合わせに感謝しよう。そしてこの炎を綺麗で素晴らしい大きな炎にしていくぞ……そう思うと野島の気持ちはさらに高揚した。

37　驚き

翌日、久しぶりに未沙がやって来るというので野島は外出先からオフィスには戻らず直接帰宅した。

このところ未沙はテニスサークルの合宿やら卒論の準備を始めたらしく、なかなか寄り付いてこなかった。野島も忙しい日々が続いたのでお互いさまではある。

着替えをしてスマホをいじりながらソファに座っていると「ピンポン～」とドアチャイムの音がして鍵が開き未沙が入ってきた。

「あっ、珍しい。先を越された！」

「パパだって早く帰ることもあるさ」

まあ、そうだよな。いつも深夜帰宅なのだから言われても仕方がない。

今日は未沙の就職内定祝いということで、洋食レストランで食事をしようとあらかじめ伝えてあった。娘と外食するなんて少し前までは考えられなかったことでもあり、ちょっぴり気恥ずかしいような嬉しいような……。

「さあ、行くぞ」

「えっ、急かしいね。はいはい、分かりました。パパのその格好……まあいいか、一応、合格！」

「そうか」

「だって、誰にばったり会うか分からないでしょ。恥ずかしいじゃん」

互いに照れ臭そうに笑った。


その洋食レストランは野島の住まいから地下鉄で三駅ほどの住宅地エリアにある。最近は周りにＩＴ関連の企業が入った低層の新しいビルがポツポツと増えてきて様変わりなのだが、そこだけは緑豊かな植栽とよく手入れされた花々の寄せ植えが目を引くおしゃれな一軒家だ。昔ながらのワイン色のオーニングが洋食レストランであることを伝えている。控え目なライティングの中、足元灯と下からライトアップされた鉢植えのオリーブの木に誘われるようにして中に入っていく。

店内に一歩入ると、重厚で老舗の風格があり煉瓦と木目を基調とした落ち着いた内装の雰囲気を静かに流れるクラシック音楽が引き立てている。黒い蝶ネクタイに白いシャツ、黒いベスト、そして黒いソムリエエプロンを腰できゅっと締めて身に着けているスタッフがいかにも老舗洋食レストラン的なホスピタリティで席まで案内してくれた。

店内には多過ぎず少な過ぎずくらいの数の客が静かに談笑しながら食事を楽しんでいる。そのお客の年齢層も少し高めで、まだ大学生の未沙にとってはちょっと緊張して背伸びをする心持ちだろう。未沙の表情をうかがってみるとやはりいつになく気取っている。就職も内定したことだし社会人生活に備えて徐々にこういう雰囲気を味わっておくことも必要なことだ。大人への第一歩、これも父親が伝えてあげられる教育だと思う。

「ポークカツレット、ビーフステーク、蟹クロケット、サラド……って？」

メニューを見ながら未沙が不思議そうな顔をした。

「日本の洋食レストランの料理は明治時代に文明開化の一つとして広まっていった西洋料理だ。その名残かな……こういう昔風の呼び方がまた新鮮だろ？」

少しでも父親らしくと野島はちょっとだけウンチクを披露する。未沙がそれを目の前で聞いてくれること自体が心地いい。

蝶ネクタイのウエイターが冷えたスパークリングワインを運んできてフルートグラスにやさしく注いでくれた。グラスに落ちるワインのパチパチという音と下から上へと上がる細かい泡が美しい。パチパチという音は「天使の拍手」、泡は「幸せ」、下から上へと上昇し続ける気泡は「これからもずっと幸せでありますように」という意味だそうだから、今夜の乾杯にはスパークリングワインがふさわしいと男親ながらしみじみ思う。

「内定おめでとう」「ありがとうございま〜す」

気持ちのいい乾杯だ。

「おいしいね」

屈託ない未沙の笑顔を前にすると大人になった娘とグラスを傾ける幸せに浸ってしまう。

〝オードゥーブル〟が運ばれてきて緊張気味の未沙が上品に食べ始める。

就活の苦労話などで花が咲いた後、それが一段落してから野島が話題を変えた。

「そういえば、パパの商社時代のことを先輩から聞いたって言ってたな？」

「うん、若い頃パパも頑張ってたんだと聞いた。今もそうだし今度は社長さんなんでしょ。それが？」

野島の突拍子もない問いかけに未沙は不思議そうに少し首をかしげながら聞いてきた。

「いや〜頑張ってるんだぞ。パパも」

野島は苦笑した。

実は、未沙から聞かされてから気になって商社時代の同期だった友人に聞いてみると、どうやらその〝先輩〟というのは入社二年目の青年で〝長尾〟という名前らしい。未沙と同じ大学の卒業でテニスがうまいとか。

長尾？　ひょっとして……と思ったので、それを未沙に確かめてみたかったのだ。

「その〝先輩くん〟は、優秀なのか」

「そりゃそうよ。長尾先輩はウチの大学での成績もよかったし……仕事も頑張っているみたい。ステキな男性よ」

肉汁タップリのハンバーグにナイフを入れながらさらっと答える。

〝長尾先輩！！！〟初めて名前を口にした……。

「そうか。それはよかった。いい奴なんだな。その長尾君は」

「いい奴よ。どうしたの？」

未沙はナイフを止めて野島を見詰めた。

「いや、あの〜」

同窓でテニスクラブの先輩の男性か……しかしだよ、〃長尾〃ということは、やっぱり有里の息子……え〜、

「いやだ〜パパ考え過ぎ。大切な尊敬できる先輩です。これからもお付き合いしていこうと思っている人で〜す」

そこまで言ってから未沙は言い淀んだ。

ほんのり頬を染めた未沙の顔が少々まぶしい。

「仮に……もし、もしもよ、必要になったらその時はちゃんとパパに報告しますから」

その表情は真面目そのもので、野島にとってこれまで見たことのない成長した未沙を感じさせた。そういう感情が芽生えるようになったのか……。

「そ、そうか……いい奴なんだ、未沙がそう思うんだったらそうなんだろう。た、大切にしろよな。はははは」

それ以上は突っ込めず大袈裟に笑ってごまかした。なんで娘に汗ばむのだ。

寂しさとともに嬉しいような楽しみなような……そんな気持ちが頭の中を駆け巡った。なにはともあれ、温かく見守っていくしかないな。

厄年過ぎてからのここ数年、仕事もプライベートも大きな転換の連続である。野島は「わああああ…………！！」と叫びたい衝動にかられた。

Point

「度量」のリーダーへのポイント⑥

「〝こうありたい〟〝こういうことをやりたい〟と確乎不抜の志のようなものがあって邁進するから面白いと思ってやっていける」

出世欲がないといえば嘘になる。しかし、（野島は）収入アップや肩書を得ることを第一目的に遮二無二頑張るなんてバカバカしいと思ってやってきた。嫌なことも嫌なままで取り組むのは体にも悪い。むしろそういう奴を軽蔑してきた。

どのような境遇にあっても自分の立ち位置を考え、そこに意義を見いだしてベストを尽くしていくと共感者も増えてきて面白くなってくる。ある程度以上のポジションを求めてきたのは〝こうありたい〟ことを実現するために必要だからにすぎない。

〈仕事観について長谷川と語り合う場面〉

※本文244ページより

「誰もが諦《あきら》めていることや躊躇《ためら》っていることに挑む人が歴史を創る」

「歴史が変わるのはどういう時だと思う？」

頷くだけの野島に向かって長谷川が問うてきた。

「それはね、『おれが引き受ける』という奴が現れたときだ。ほとんどは自ら手を染めようとしない。古今東西、国でも会社でもそうだ。根性がある奴は少ないってことさ。社会に必要なものだと信じるんだろう？　社会を変えていけると思えるんだろう？　それは人を喜ばせることに繋がるんだろう？　なにより君自身が面白いんだろう？　だったら……」

長谷川が畳みかけてくる。

野島は勢いに押されながらも自分の気持ちが急速にまとまっていく気がした。

〈決意が急速にまとまっていく場面〉

「リーダーの真価が問われるのは、人の能力を生かして人を育てる能力！批判もすべて受け入れ、話を聞く。それが『度量』だ」

※本文244ページより

〝器量〟と〝度量〟……このワードが野島の腹にストーンと落ちてきた。

「もちろん、二人ともトップとしての才覚と対処能力は優れている。だがな、リーダーの真価が問われるのは、人の能力を生かして人を育てる能力だ。相手が自分をどのように批判しているかをすべて知りながらそれを受け容れ、その相手の言葉を聴くことができる……その能力を〝度量〟と言うんだ」

〈北原の言葉でモヤモヤが一気に晴れる場面〉

※本文262ページより

終章

八月に入り、この夏も暑い日が続いている。

近くのイチョウ並木は青々として清々しい。秋の紅葉の季節は趣があって素敵だが夏の青々とした並木もキレイで犬の散歩やランニングしている人の姿がよく似合う。

今日はその並木道の近くにある新会社『株式会社ネット・ドゥ（Net Do）』の発足披露会である。オフィスの近場にある貸会議室が会場だ。

「新しいスタート、改めておめでとう、野島社長！」

佳山が会場の入り口で受け取ったグラスを手にしたまま野島の肩をポンと叩いた。

「ありがとうございます。撤退か分離売却と言われた時は途方に暮れましたが、皆の頑張りを無にしたくないその一心でした」

「うまいこと北原の爺さんを誑《たぶら》かしたな……野島っ」

にやけた笑いを見せてから佳山は野島の肩をポンっと叩いた。

「これでマイケルはいい意味で身軽になってフットワークもよくなります。足手まといでご迷惑をおかけしました」

野島は半分嫌みを込めて佳山に言った。

「いやいや、残念だよ、個人的にはこの事業は将来性があると思っていたからね……でも親会社が代わると方針も違ってくるから。〝雇われ会長〟はつらいってことで分かってくれよ、なっ」

またしても佳山はニッと下卑た笑いを見せた。

こういう場面ではお互いが腹に思うことと別のことをヌケヌケと言わなくてはならない。喧嘩をしても無意味。組織のトップを率いていくには必要な才能の一つなのだと思った。

佳山の会長としての任期はせいぜい一年だろうが今は内心ホッとしているのだろう。肩書とそこそこの報酬が維持され、ある意味で肩の荷も軽くなって、そして放り出される……これが佳山の晩節なのだろうか。「寂しい人だ」と野島は思った。

「野島社長から決意表明も兼ねてご挨拶があります」

司会役の井村美紀がマイクの前で案内を始めた。

会場の中央付近にいた野島が佳山に向かって軽く会釈をしながら演壇に立つと胸を張って

マイクの前に立った。

「皆さん、新しいスタートです。

すでに起こった未来は既存のビジネスの中にはなく、それはその外側にあります。これからの時代はネットの存在が前提になった時代です。その中でヘルスウエア周りの関心をしっかりと実感し実用性あるものにしていただくことをネットを通じて提供する。それが幸せづくりの一助となる……ここにわれわれの存在価値を大きく見いだしていこうと考えます。

すでに新しい未来は始まっています。コンテンツ配信も登録会員数が着実に増加してきました。ティッピングポイントまであともう少しで一気に花を咲かせることができる。いよいよ面白くなってきました。皆さん全員でこの花を咲かせ、たくさんの方々にお届けしていきましょう。

縁あって皆それぞれの人生をここ株式会社ネット・ドゥで共にしています。それぞれのいい仕事・いい人生・そして幸せづくりのために私は先頭に立っていくつもりです。

皆さん、改めてよろしくお願いします」

今日はメンバーのほとんどが出席している。盛り上がる拍手の中の最前列には美馬、合田、近江、篠原……そして司会のコーナーに井村がいた。皆が歓声を上げる姿に野島は一体感を感じて心地いい。「おーっと」……感激の涙のようなものが浮かんだが、なんとか笑顔でごまかすことができた。

その雰囲気のなか、それぞれがテーブルに置かれたサンドイッチやツマミを口にしながら歓談が始まる。

美馬が野島のところに近づき「乾杯」と声をかけてきた。

「野島社長、ようやくここまで来ましたね。我慢してくださりありがとうございました。必ず花を咲かせますから……」

先ほどから飲んでいるビールが少し回ってきているのだろう、すでに顔もほのかに赤らんでいて口下手の美馬らしくなく口も滑らかだ。

会場に長尾有里の姿を見つけ野島から声をかけた。

「今後ともよろしく。お手柔らかにお願いします」

分離・譲渡のプロセスでは北原英治の指名で買い手側代表を長尾有里が担い、新会社の発足に伴って有里が社外取締役に就任した。北原の資産管理会社と北原次世代振興財団が大株主になったのだから自然の流れということになる。野島自身も資金をかき集め約五パーセントの株主となった。

「さっきのスピーチ良かったわよ。社員さんたちもいい感じだし。私も実業の世界に戻れたような気がする。きっと野島君なら立派にやれると思うの。あっ社外取締役としての任務はシッカリと果たさせていただきます。ふふ」

有里のいたずらっぽい笑顔が心地よい。

すると、有里は手に持ったウーロン茶を一口飲んでから囁くように言った。

「あっそうそう、キタハラの緑川社長ってどうなのよ？　いろいろと最近の噂を聞くけど。業績も停滞気味のようだし叔父が心配していた。『トップにはその任期中に与えられた役割というのがある……そろそろか。有里も自分のこととして考えてみろ』だって。私もキタハラ化成の取締役にもなったことだし、こっちのこともいろいろ教えてね」

ちらっと見せる有里の鋭い目の輝きは野島を緊張させる。大株主そして創業家の血が流れているだけでなく、事業への意欲が芽吹き始めてきているのかもしれない。長尾有里をキタハラ化成の取締役に就かせたのは北原英治の強い意志が示されている。それを有里は自覚しているのだろう。


かつて野島がキタハラ化成からマイケルに出される時、あの緑川から「曲がり角の先には、きっと嬉しいことが待っている」と言われたことがあった。それが良かったのか悪かったのかは分からないが、ウジウジ考えず「曲がった先の景色が一番良い」と自分なりにやってきたからよかったのだ。選んだ道は自分で〝正解〟にするだけ。その〝決意〟が人を元気にさせ決断と行動力をもたらし運がひらけていくのである。

空を見上げるとそこには突き抜けるような夏の青空が広がり、さわさわと風に揺れる街路樹の葉音が聞こえてきた。心もカラダも綺麗に洗われていくようだ。
野島は全身に気持ちのいいパワーが湧いてくるのを感じた。

完

あとがき

いろいろな人と話をしていると、やはり人生に「節目」はあるのだなと思うことがよくあります。

その人にとってそれをどう捉えたか、またどう生かしたかによってその後の人生が変わってくるようです。私自身も「節目」と思えるいくつかの場面がありました。いい悪いはともかく、その折々でいろいろなことに出会い、いろいろな方々から学んで今日の私に繋がっているのだと思います。

本書は主に会社勤めの企業人や何らかの組織で仕事をする方に読んでいただくことを想定しています。特に「節目かな」と思って今を過ごしている方、「これからが本当のチャレンジ」と思っている方、さらには「〝あの頃の自分〟と重ね合わせてこれからの自分を改めて考えてみたい」と思っている方々です。

読み進むうちに、主人公・野島丈太郎の上司たちと今のご自分の境遇における上司やかつての上司、さらにはご自分自身とをダブらせながら、来し方行く末を探ることのきっかけにしていただけるのならば著者としては望外の喜びとするところです。

二十歳代、三十歳代は体力もあるしスキルも向上させながら突き進みます。それほどの疑問もなくそれなりの成果も出せるし楽しいこともあって……と。

ところが、四十歳代に入ってくると「スキルの限界」とか「それだけではダメなのではないか」「このままでいいのだろうか」という問いかけが自分のなかから湧いてくるのを無視できなくなってきます。

同時にようやく自分のことが分かる頃でもあります。会社勤めの場合、例えばその会社の中で出世できるかどうかがある程度見えてくるでしょうし、自分の得意・不得意が分かってきます。また、家族や本当の友人が大切だと気づいたり、真の感謝を知ったりするのもこの頃です。

さらに、四十代は責任ある立場を任されリーダーとしての期待をされる頃でもあります。個人プレーの力だけではなく、なんらかのチームや組織を動かしていくことになってきます。そして、「このまま逃げ切ろう派」と「これからが本当のチャレンジ派」になんとなく分かれてくるのもこの頃です。

こうした変化は決して特別なことではなく、人間としての成長・発達のプロセスであり、発達社会学的にいう「役割移行」のプロセスと捉えると分かりやすいと思います。だから「節目」と感じる機会に出会うのかもしれません。

四十代に入ってからも「まだまだ二十代、三十代には負けないぞ。もっと頑張る」とさらに突っ走るだけでいると、自分はそうでなくてもいつの間にか空回りになってしまいかねないものです。それは年代を超えてライバル関係を先鋭化させているからかもしれません。そして、気がつかないうちに「私の若い頃は……」とか「最近の若い者は……」と口にしている……あ～嫌ですよね。若い人がだめなのではなく、自分自身の役割が変わってきたことに気づきたいところなのですけど……。これが「このまま逃げ切ろう派」の行きつくところのひとつです。

本書の中で主人公・野島は『器量のリーダー、度量のリーダー』を教えられます。「器量」はリーダーにふさわしい対処能力を指し、他方の「度量」は仕事ができるのは当然としてさらに自分に対しての意見や批判であっても傾聴できる心の大きさをいいます。仕事を見事に仕上げる対処能力が凄いだけというのでは、「ついていきたいと思われるリーダー」にはなれないでしょう。さらには「頼られるミドル」、そして「その先」にもなれないのだと思います。

どういう生き方をするかは人それぞれですが、やはり人間は一人では生きていけないことも事実です。社会の中での役割や居場所がどうしても必要になります。まずは自分の立ち位置を認識し、自分にしかできない役割を見つけその意味を見いだすことです。その上でそこに「決意」を持って取り組めばエネルギーが湧いてきてパワフルになってきます。すると自然に周りからも認められてくる……と。

「これからが本当のチャレンジ派」の人生にはまだまだ大きな伸びしろがあるはずです。「度量」が身についていく可能性も大いにあります。結果として、トータルで「いい人生」になるのではないでしょうか。そのためにも、己を知って〝いま〟そして〝これから〟を悔いのない毎日にすることが大切なのだと思います。

皆さまの毎日が「いい人生」に繋がっていきますように……。

本書を執筆するにあたって、たくさんの方々からのご示唆・ご鞭撻・ご助言をいただきました。あわせて、前著・前々著へのご感想・ご指摘は私にとって反省とともに大いに参考になりました。厚く御礼申し上げます。

今回も財界研究所の芝原公孝常務取締役から折に触れて温かいまなざしとご声援を頂戴しました。また、出版をお引き受けくださったリーブル出版の坂本圭一朗社長には、貴重なご指導と励ましをいただきました。

そしてなによりも家族の強い協力と支えがあったからこそここに至ることができました。この場をお借りしてすべての皆さまに深く感謝申し上げます。

二〇二〇年（令和二年）十二月

鈴木孝博

※文中に登場する人物、会社・団体名はすべて架空のものです。

■参考文献一覧

ロバート・フリッツ『偉大な組織の最小抵抗経路』Ｅｖｏｌｖｉｎｇ　２０１９年
佐宗邦威『直感と論理をつなぐ思考法』ダイヤモンド社　２０１９年
山口　周『仕事選びのアートとサイエンス』光文社新書　２０１９年
山口　周『ニュータイプの時代』ダイヤモンド社　２０１９年
山脇秀樹『戦略の創造学』東洋経済新報社　２０２０年
奥山真司『世界を変えたいなら一度〝武器〟を捨ててしまおう』フォレスト出版　２０１２年
竹村亞希子『「経営に生かす」易経』到知出版社　２０２０年
佐藤　等・清水祥行『ドラッカー教授　組織づくりの原理原則』日経ＢＰ　２０１９年
角田正樹・田中理絵『人間発達論』放送大学教育振興会　２０１３年
倉山　満『トップの教養』ＫＡＤＯＫＡＷＡ　２０２０年
石田英司『自衛隊式　最強のリーダーシップ』中経出版　２０１３年
有森　隆『創業家一族』エムディエヌコーポレーション　２０２０年
藤間秋男『成功する事業承継』ＰＨＰ研究所　２０１７年
久保利英明『経営改革と法化の流れ』商事法務　２００７年
大塚和成・寺田昌弘『社長解任』毎日新聞社　２００９年
國貞文隆『やはり、肉好きな男は出世する』朝日新書　２０１２年
田中俊之『〈40男〉はなぜ嫌われるか』イースト新書　２０１５年
片田珠美『オレ様化する人たち』朝日出版　２０１６年
黒井克行『男の引き際』新潮社　２００４年
齋藤　孝『人生は「2周目」からがおもしろい』青春出版社　２０１９年
小野寺敦子『パパのための娘トリセツ』講談社　２０１８年
尾原和啓『ネットビジネス進化論』ＮＨＫ出版　２０２０年

著者プロフィール

鈴木孝博●すずき たかひろ

㈱発現マネジメント代表取締役。経営デザインアドバイザー。慶大商卒。野村證券、CSK、CSKホールディングス（現・SCSK）副社長、UCOM（現・アルテリア・ネットワークス）社長等を歴任。2014年より現職。併せてベンチャー企業数社の社外役員などを務めている。新規事業の企画立案のほか若い経営者の育成やお仕事ドラマのジャンルなどで著作や講演活動も行う。

著書:『左遷社員池田 リーダーになる』（リーブル出版）2016年
　　『由佳の成長、それは奇跡の出会いからはじまった』（リーブル出版）2018年

出向役員《しゅっこうやくいん》 野島《のじま》、決断《けつだん》する
～「器量《きりょう》」のリーダー、「度量《どりょう》」のリーダー～

2021年1月4日　初版第1刷発行

著　者――鈴木孝博
発行人――坂本圭一朗
発行所――リーブル出版
〒780―8040
高知市神田2126―1
TEL088―837―1250
装　画――ヤマサキハジメ
装　幀――傍士晶子
印刷所――株式会社リーブル

ISBN 978-4-86338-292-3